Chère lectrice,

En ce joli mois d'août, alors que les longues soirées d'été nous offrent quelques heures de lecture supplémentaires, je vous propose de vous plonger dans la belle et tumultueuse histoire d'Avery et du cheikh Malik (*La promesse du désert* de Sarah Morgan, Azur n° 3501).

Si Avery a offert son cœur à Malik, elle n'en est pas moins consciente que leur histoire est vouée à l'échec. Impétueuse, fougueuse et farouchement indépendante, elle est loin de faire une épouse convenable pour un futur souverain. Aussi a-t-elle pris la terrible décision de le quitter. Mais comment un cheikh aussi arrogant que ténébreux laisserait-il la femme qu'il a choisie entre toutes lui échapper ? Si la passion qui vibre entre nos héros est indéniable, c'est le dialogue, la patience, la tendresse… l'amour en fait, qui leur ouvrira les portes du bonheur.

Un roman à lire sur la plage, dans le train, allongée sur un transat ou dans votre sofa… Qu'importe le lieu puisque cette histoire vous emportera dans un monde fait de bouleversants rebondissements, de passion et de romantisme.

Très belle lecture !

La responsable de collection

La tentation d'un play-boy

LYNNE GRAHAM

La tentation d'un play-boy

collection Azur

éditions HARLEQUIN

Collection : Azur

Cet ouvrage a été publié en langue anglaise
sous le titre :
THE BILLIONAIRE'S TROPHY

Traduction française de
LOUISE LAMBERSON

ÉDITIONS HARLEQUIN
83-85, boulevard Vincent-Auriol, 75646 PARIS CEDEX 13.
Service Lectrices — Tél. : 01 45 82 47 47

www.harlequin.fr
ISBN 978-2-2803-0730-7 — ISSN 0993-4448

1.

Sebastiano Christou, Bastian pour ses proches et ses amis, contempla l'énorme émeraude sertie dans un anneau d'or, posée sur son bureau. Jusqu'à tout récemment, cette bague avait orné la main de la femme qu'il devait épouser : Lilah Siannas.

Lorsqu'elle avait pris connaissance du contrat de mariage envoyé à son avocat, sa fiancée n'avait manifesté aucune réaction. Mais, au lieu de signer ledit contrat, elle était devenue injoignable, avant d'annoncer publiquement la rupture de leurs fiançailles et l'annulation du mariage. Et depuis Lilah s'exhibait en compagnie de son nouvel amant, un jeune millionnaire aux allures de play-boy.

Bien sûr, elle n'agissait ainsi que par pure provocation, il s'en rendait bien compte. Et, à vrai dire, même si son ego en avait pris un coup, il ne ressentait aucune jalousie. Si Lilah comptait le faire revenir sur le contrat de mariage, elle avait perdu d'avance. Il ne la désirait pas au point de perdre la tête : il ne se marierait jamais sans assurer la sécurité de sa fortune.

S'il en avait eu l'intention, l'exemple de son père aurait suffi à l'en dissuader. Ses trois divorces exorbitants n'avaient-ils pas absorbé la majorité de la fortune de la famille Christou ? Par ailleurs, son grand-père, l'homme qu'il respectait le plus au monde, n'avait eu de cesse de lui expliquer, dès son plus jeune âge, que l'amour n'était pas nécessaire à la réussite d'un mariage.

Pour y parvenir, mieux valait partager les mêmes buts, les mêmes intérêts et les mêmes principes.

Bastian avait bien retenu la leçon. Même s'il avait fréquemment succombé au désir, il ne s'était jamais laissé aller à tomber amoureux. Lilah, une ravissante petite brune aux rondeurs appétissantes, l'avait embrasé dès leur première rencontre, mais pas au point qu'il se raconte des histoires : il ne l'aimait pas. Et avant de lui demander de l'épouser, il avait fait effectuer une enquête sur elle, comme il le faisait avant de se lancer dans n'importe quel investissement.

Lilah présentait l'avantage de venir du même milieu que lui, elle avait bénéficié d'une éducation parfaite et savait recevoir. Par ailleurs, elle contrôlait toujours ses émotions, en toutes circonstances. Bref, elle était parfaite. Mais il semblait qu'il ait sous-estimé un trait de caractère essentiel de sa fiancée : la cupidité.

Après avoir replacé la bague dans son écrin, il rangea celui-ci dans le coffre-fort en se maudissant. A cause de cette femme, il avait perdu un temps précieux. Agé de trente ans et, pour tout dire, un peu las des liaisons éphémères, il était temps pour lui de se marier, de fonder une famille. Pas un instant il n'avait imaginé que trouver l'épouse idéale s'avérerait aussi compliqué. Et c'était sans compter la terrible scène qu'il prévoyait pour le mariage de sa sœur, prévu dans deux semaines. Lilah étant demoiselle d'honneur de Nessa, elle y assisterait forcément, et quand elle constaterait qu'il n'avait aucune intention de la reconquérir, elle profiterait sans nul doute de l'occasion pour provoquer un scandale. Or il ne voulait à aucun prix troubler le grand jour de sa petite sœur.

A bien y réfléchir, il y avait un moyen d'éviter tout risque d'esclandre : se rendre à la cérémonie en compagnie d'une autre femme. Trop fière pour laisser paraître sa déconvenue et son dépit, Lilah se tiendrait alors tranquille, il en était certain.

Mais, à quinze jours du mariage, où dégoter la perle rare susceptible de jouer la comédie durant tout un week-end ? La femme qui n'en profiterait pas pour tenter de le piéger dans une relation à long terme, tout en étant capable de feindre le grand amour ?

— Bastian ?

Un de ses directeurs venait d'entrer dans son bureau, un ordinateur portable sous le bras.

— J'ai quelque chose d'amusant à te montrer… tu as une minute ?

Bastian n'était vraiment pas d'humeur à s'amuser, mais Guy Babington étant un ami, il se força à sourire.

— Bien sûr !

Guy ouvrit l'ordinateur sur le bureau et tourna l'écran vers Bastian.

— Tu la reconnais ?

Bastian contempla la photo d'une superbe blonde aux yeux bleu vif vêtue d'une robe de soirée au profond décolleté, et qui fixait l'objectif en riant.

— Non… Je devrais ?

— Regarde-la bien, insista Guy. Tu ne vas pas me croire : cette beauté travaille pour toi.

— Impossible… Je l'aurais remarquée, répliqua aussitôt Bastian. Et qu'est-ce que sa photo fait sur internet ? Tu as trouvé ça sur *Facebook* ?

— Pas du tout, fit Guy en souriant. Sur le site de : Accompagnatrices de luxe pour hommes d'élite. C'est une agence de call-girls très élitiste — le top du top, si tu vois ce que je veux dire…

Il accompagna ses paroles d'un roulement d'yeux explicite.

— Tu fréquentes ce genre d'agence ?

— Non, je suis tombé sur une publicité par hasard. Mais je fréquenterais volontiers cette blonde, admit Guy en lui adressant un sourire en coin.

— Et tu dis qu'elle travaille pour nous… ?

— Oui, Emmie effectue un stage de trois mois : elle bosse avec ton assistante.

Stupéfait, Bastian contempla de nouveau l'écran.

— Emmie ? demanda-t-il avec incrédulité. Tu veux dire que cette créature sublime est Emmie ?

Il songea à la jeune femme que son assistante venait d'embaucher comme stagiaire, à ses cheveux tirés en arrière, à ses lunettes toujours perchées sur son nez, à ses tenues ternes et ordinaires… Non, impossible ! Pourtant, oui, ce grain de beauté placé au milieu de la joue de la superbe blonde… Emmie avait le même, exactement à cet endroit.

— Ça alors… Tu as raison, c'est bien elle ! Et elle travaille en parallèle comme call-girl ?

— Apparemment, oui… Mais ce que j'aimerais savoir, c'est pourquoi elle se déguise en laideron pour venir travailler ici, répliqua Guy.

— D'après ce site, elle s'appelle Emerald…, remarqua Bastian.

Il se tourna vers son propre ordinateur portable et accéda au dossier contenant la liste des membres du personnel. En effet, Emmie était un diminutif. La jeune stagiaire s'appelait bien Emerald Marshall.

— Quand elle le veut, elle sait s'arranger, hein ? lança Guy avec un petit rire appréciateur.

A vrai dire, Bastian n'aurait pas qualifié la jeune femme de laideron. En revanche, lors des rares occasions où il avait eu affaire à elle, il devait bien reconnaître qu'Emmie l'avait particulièrement agacé.

« Le sucre, c'est mauvais pour les dents », avait-elle dit un jour d'un ton réprobateur, en lui apportant son café.

Une autre fois, alors qu'il passait devant elle, elle avait lancé d'un air hautain : « Vraiment aucune éducation… »

Pourtant, malgré son agacement, il avait remarqué que, même affublées d'éternels collants noirs opaques, ses jambes étaient d'une longueur fabuleuse.

Ainsi, en dehors de ses heures de présence au bureau, Emmie Marshall travaillait comme call-girl..., intéressant. Cela signifiait donc que l'on pouvait louer ses services et, à en juger par cette photo, elle savait s'arranger, en effet. Oui, elle ferait une partenaire tout à fait présentable. Et surtout, il ne doutait pas qu'elle aurait à cœur de satisfaire ses attentes.

Bastian était prêt à parier que la jeune femme n'avait pas bien lu son contrat de stage. Pas la clause suivante en tout cas : toute personne travaillant dans son entreprise ne devait commettre aucune action susceptible de nuire à la réputation de celle-ci.

Or son activité d'accompagnatrice de luxe représentait de toute évidence une activité susceptible de nuire à la réputation de l'entreprise...

A vrai dire, Bastian n'avait jamais fait appel à ce genre de service de sa vie, et il n'y aurait sans doute jamais songé s'il ne s'était trouvé dans une situation aussi particulière. Oui, plus il y pensait et plus la perspective d'embaucher une professionnelle pour l'accompagner au mariage de sa sœur lui plaisait. Il n'aurait pu s'adresser à aucune des femmes de sa connaissance, et il n'aurait pas davantage pu feindre d'intérêt envers une totale étrangère. Avec un tel arrangement, il n'y aurait aucun malentendu : il paierait une accompagnatrice pour jouer le rôle qu'il lui demanderait de jouer. N'était-ce pas la solution idéale ?

Emmie réprima un bâillement tandis que Marie, l'assistante personnelle de Bastian Christou, lui donnait ses instructions concernant une recherche à effectuer à propos d'une succursale de l'entreprise. Discrètement, Emmie se massa la cuisse : comme chaque fois qu'elle restait trop longtemps debout, la douleur resurgissait.

A douze ans, après avoir été gravement blessée à la jambe dans un accident de voiture, elle avait eu peur de ne plus jamais remarcher normalement. Heureusement, aujourd'hui, mis à part une fine cicatrice à peine visible, elle ne gardait plus aucune trace de cet accident. Mais ça n'empêchait pas la douleur de resurgir lorsqu'elle en faisait trop.

Et aujourd'hui, justement, la douleur et la fatigue l'empêchaient de se concentrer. Mon Dieu, quand pourrait-elle enfin trouver un travail en rapport avec son diplôme, un poste lui permettant de valoriser ses compétences ?

Après avoir travaillé durant des mois dans une bibliothèque sans aucune perspective d'évolution, Emmie était prête à tout pour démarrer une vraie carrière.

Hélas, avec la crise économique, les offres d'emplois qualifiés étaient rares. Et puis, sans véritable expérience professionnelle, elle n'avait aucune chance. C'était pourquoi quand elle avait décroché ce stage chez Christou International — l'une des entreprises les plus dynamiques en matière de développement de logiciels —, elle avait été folle de joie.

Mais c'était sans compter sur le coût de la vie à Londres. Malgré son travail de serveuse cinq soirs par semaine, son modeste salaire ne lui permettait pas d'assumer les loyers exorbitants des studios qu'elle visitait. Aussi lorsque sa mère, qui ne s'était jamais souciée de son sort jusque-là, ni de celui de ses sœurs d'ailleurs, avait soudain resurgi dans sa vie comme par magie pour lui proposer la chambre d'amis de son appartement, avait-elle sauté sur l'occasion. Sans cela, elle aurait été obligée de renoncer à son stage.

Malheureusement, elle n'avait pas tardé à se rendre compte qu'Odette avait une idée derrière la tête, comme d'habitude… Comment avait-elle pu être assez stupide pour se réjouir de cette occasion de mieux connaître sa mère qu'elle n'avait pas revue depuis qu'elle les avait placées, elle et ses sœurs, en famille d'accueil à l'adolescence ?

C'était Kat, l'aînée de la famille qui, sans doute émue par leur détresse, les avait accueillies chez elle et élevées, dans le Lake District — la Région des lacs —, où elle s'était installée, dans le nord-ouest de l'Angleterre.

Perdue dans ses pensées, Emmie laissa son regard errer par les larges baies vitrées du bureau. Lorsqu'elle avait fait part à Kat de son intention de s'installer chez leur mère, elle avait bien vu que son projet déplaisait à sa sœur. Mais, comme d'habitude, Kat n'avait rien dit, se contentant de la prévenir qu'Odette pourrait se montrer difficile.

En réalité, ce terme était largement au-dessous de la réalité. Dès les premiers jours, Emmie avait découvert que le style de vie confortable d'Odette était assuré par l'agence de call-girls qu'elle avait créée et dirigeait via internet. Et elle avait manqué s'étouffer quand sa mère lui avait proposé de se joindre à son équipe, lui assurant qu'elle gagnerait bien mieux sa vie, et beaucoup plus facilement, qu'en travaillant le soir comme serveuse dans son bar minable.

Choquée, Emmie avait refusé, même quand Odette s'était emportée. Depuis, et même si elle lui donnait tout son salaire, sa mère persistait à lui en vouloir de son refus.

En fait, le plus dur, avait été de se rendre compte qu'Odette ne l'aimait pas, qu'elle n'éprouvait pas le moindre désir de la connaître, et qu'elle ne regrettait nullement de s'être débarrassée d'elle enfant.

La déception avait été rude. Elle aurait tant aimé vivre enfin une relation mère-fille qui n'avait jamais existé que dans son imagination.

Une voix familière la tira de ses pensées :

— Marie… La réunion va commencer : Emmie n'a qu'à venir avec vous et rédiger le procès-verbal.

Emmie se retourna dans un sursaut et contempla la haute silhouette de Bastian Christou. L'homme d'affaires grec figurait souvent dans la presse spécialisée, et elle s'était renseignée sur lui bien avant de travailler dans son entreprise. En photo, il était déjà superbe, mais en chair et en os… Avec sa haute taille et sa carrure impressionnante, ses épais cheveux noirs et brillants, son beau visage ténébreux, sa peau hâlée, il dégageait un charisme stupéfiant. Dans les articles qu'elle avait trouvés sur lui au cours de ses recherches, Emmie avait par ailleurs appris qu'il collectionnait les conquêtes féminines. Comment s'en étonner ? Aucune femme ne devait résister à une telle perfection.

Et puis il était grand. Avec son mètre soixante-dix-huit, Emmie était plus grande que la plupart des hommes qu'elle rencontrait, mais Bastian Christou la dépassait d'une bonne douzaine de centimètres.

Si la rumeur disait vrai, il était le fils d'une actrice de cinéma célèbre, une Italienne, de laquelle il avait hérité ses yeux sombres. Des yeux qui, à cet instant précis, semblaient prêts à la dévorer. Surprise, Emmie redressa le menton en fronçant les sourcils. Jamais son patron ne l'avait regardée ainsi. Etait-ce une de ses étranges sautes d'humeur dont lui avait parlé Marie ? Cela n'aurait rien d'étonnant, après tout, sa fiancée venait de le quitter…

— Bien sûr, répondit Marie avec un sourire.

Bastian observa Emmie en se demandant à quoi ressemblerait son premier sourire. Au lieu de se comporter comme les autres femmes, toujours prêtes à se montrer agréables avec lui, celle-ci le défiait du regard en redressant le menton avec dédain. L'espace d'un bref instant, quand il avait vu sa photo sur le site, il avait eu la certitude de l'avoir déjà vue quelque part… C'était impossible bien sûr. Ils n'évoluaient pas dans les mêmes milieux, et il était fort improbable que leurs chemins se soient jamais croisés. A moins qu'il ne l'ait rencontrée alors qu'elle accompagnait un homme de sa connaissance…

Durant la réunion, il regarda la jeune femme prendre des notes et remarqua les cernes mauves qui soulignaient ses yeux, faisant ressortir davantage encore la transparence de son teint. Elle avait vraiment une peau superbe. Totalement concentrée sur sa tâche, elle appuya son menton sur sa main et pencha légèrement la tête. Le mouvement attira l'attention de Bastian sur son cou gracieux et le dessin délicat de sa mâchoire.

Il la contemplait toujours avec attention, lorsqu'une mèche de cheveux dorés s'échappa de la queue-de-cheval de la jeune femme et tomba devant une haute pommette. Bon sang, comment avait-il pu rester aveugle à sa beauté si longtemps ? Sous ses chemisiers informes et ses jupes sages, derrière ses lunettes à monture rébarbative, Emmie Marshall dissimulait bien ses charmes… Car en réalité, avec sa bouche pleine aux lèvres roses, cette moue adorable, ces yeux bleu azur, elle était absolument renversante.

Malgré lui, Bastian sentit son corps se tendre de désir, alors qu'il imaginait les lèvres sensuelles d'Emmie se livrant aux caresses les plus audacieuses, dans les endroits les plus intimes de son anatomie. A combien d'hommes avait-elle dévoilé ses atouts ravissants ? se demanda-t-il avant d'ordonner à sa libido de se calmer. Toute aventure avec Emmie Marshall ne pouvait être qu'une mauvaise idée. Car, s'il ne couchait jamais avec des novices, les femmes monnayant leurs charmes lui répugnaient. Et il connaissait à présent la valeur que cette ravissante créature accordait aux siens.

— Emerald n'est pas disponible, avait dit la voix onctueuse à l'autre bout du fil. Elle est très demandée, voyez-vous… En revanche, je peux vous proposer Jasmine, ou…

— Non, je veux Emerald, et pas une autre, avait-il coupé d'un ton sec. Je suis prêt à la dédommager, et elle ne regrettera pas de m'avoir choisi comme client.

A partir de là, il avait négocié sans difficulté, vérifiant une fois de plus qu'en y mettant le prix on pouvait satisfaire tous ses caprices.

Et cette même Emerald était en train de s'endormir, là, en face de lui, de l'autre côté de la table circulaire, ses longs cils blonds reposant sur ses joues de porcelaine. De toute évidence, la belle ne se doutait pas de ce qui l'attendait… Lorsqu'il la vit s'affaisser sur son siège, Bastian tendit la jambe et lui heurta le pied. Aussitôt Emmie sursauta, ouvrit d'immenses yeux bleus qui se rivèrent aux siens tandis que, ses lèvres pulpeuses entrouvertes et les joues roses d'embarras, elle le dévisageait d'un air incrédule.

Avec qui était-elle sortie la veille, et le sexe avait-il fait partie de ses prestations ? Neuf hommes sur dix devaient désirer coucher avec elle, en échange d'un généreux bonus. Comment réagirait-elle avec lui s'il… ? Assez, il était hors de question de se laisser aller à de telles divagations : il n'était pas le genre d'homme à s'aventurer sur ce terrain.

Réveillée en sursaut, Emmie tressaillit. N'était-ce pas une lueur prédatrice qu'elle lisait dans le regard sombre de son patron ? A cette pensée, une chaleur importune se répandit entre ses cuisses, et un trouble inconnu l'envahit. Instinctivement, elle se méfiait des hommes séduisants qu'il lui arrivait de rencontrer. De toute façon, elle les trouvait en général vaniteux et intéressés. Un seul homme avait failli percer la muraille dont elle s'entourait : Toby… Du temps de ses études universitaires, ils avaient vécu une brève idylle, elle avait même été sur le point de lui offrir son innocence, jusqu'à ce qu'il s'exclame en la regardant :

— Je n'arrive pas à croire que je vais coucher avec le portrait vivant de Sapphire Marshall…

Leur relation s'était aussitôt terminée.

Comment aurait-elle pu encore avoir foi en Toby, foi en l'amour qu'il disait éprouver pour elle, alors qu'il venait de l'atteindre dans ce qu'elle avait de plus fragile ? Etre non seulement la sœur, mais la vraie jumelle d'un top model célèbre dans le monde entier, c'était comme n'avoir aucune identité, aucune personnalité propre. Pire, c'était comme être une copie imparfaite de sa sublime sœur au physique si parfait. Pour éviter les comparaisons humiliantes, Emmie avait pris pour habitude de s'enlaidir et d'éviter autant que possible la compagnie de Saffy.

Les cils baissés, elle observa Bastian Christou à la dérobée. Pourquoi ce type somptueux la troublait-il autant ? Et, lui, pourquoi l'avait-il regardée ainsi ? D'accord, ses fiançailles étaient tombées à l'eau, et il était sans doute redevenu disponible et libre comme l'air, mais il ne pouvait pas s'intéresser à elle. D'ailleurs, en y repensant, l'ex-fiancée de son patron, une femme ravissante, mais brune et minuscule, était l'exact opposé d'elle. Alors à quoi jouait-il ? Redressant le menton, elle soutint son regard en signe de défi.

Sans la quitter un instant des yeux, son patron se leva et repoussa sa chaise d'un geste brusque.

— Je vous attends dans mon bureau, dit-il avec calme.

— Il veut vérifier tes notes, chuchota Marie. J'espère que tu n'as pas perdu le fil… A un moment, j'ai cru que tu allais t'endormir…

— J'ai failli, oui.

Si leur boss ne l'avait pas réveillée d'un petit coup de pied discret…

Etait-ce de cela qu'il voulait lui parler ? A cette pensée, un frisson d'anxiété la parcourut. Jusqu'à présent, il ne s'était jamais donné la peine de lui adresser la parole, sauf un mot — toujours désagréable — en passant. Toutes ses instructions transitaient par Marie.

— Tu ne peux vraiment pas quitter ton job de serveuse ? demanda celle-ci à mi-voix.

— Malheureusement non, mais mon stage sera bientôt terminé, lui. Plus que quelques semaines…

— J'espère au moins que tu auras tiré profit des longues heures de boulot que tu fais pour nous, répliqua Marie.

A en juger par les paroles de Marie, l'entreprise n'envisageait pas de lui proposer un contrat d'embauche à l'issue de son stage. En vérité, Emmie n'avait pas vraiment compté sur une telle perspective, pourtant elle avait quand même gardé un tout petit espoir…

Mais bien sûr une autre stagiaire non rémunérée prendrait sa place aussitôt après son départ. Pourquoi les employeurs embaucheraient-ils des salariés alors qu'ils pouvaient faire travailler de jeunes recrues gratuitement ?

Lorsqu'elle entra dans le bureau de son patron, Emmie regarda le décor qui l'entourait : ameublement et œuvres d'art contemporains, le tout offrant un mélange d'élégance et de confort. Bastian Christou ne lésinait pas sur le luxe. Génie des logiciels informatiques et homme d'affaires au talent redoutable, elle n'ignorait pas qu'il s'était construit un empire international en développant des programmes performants avant même de quitter l'université. N'avait-elle pas lu quelque part que, déjà à cette époque-là, il avait accumulé une fortune considérable ?

— Fermez la porte, ordonna-t-il.

Sa voix profonde fit naître une vibration au creux des reins d'Emmie, qui se propagea dans son dos. Une masculinité brute se dégageait de cet homme, de son regard perçant. Une telle autorité, une telle assurance émanaient de la moindre de ses paroles... Et puis il était toujours vêtu avec une élégance sobre et raffinée, sans rien d'ostentatoire.

Oui, avec ses manches de chemise roulées sur ses avant-bras musclés, sa cravate desserrée et les premiers boutons de sa chemise ouverts sur sa peau hâlée, il était l'incarnation même de la virilité...

Après s'être exécutée, elle se retourna et soutint son regard. Ses yeux étaient beaux, songea-t-elle confusément, et intelligents. Ils brillaient comme deux étoiles sombres sur son visage aux traits sculptés.

Face à cet homme superbe, c'était comme si une fissure s'ouvrait soudain dans la carapace dont elle s'était toujours entourée. Son corps la trahissait : ses seins frémirent et leurs pointes se dressèrent sous son soutien-gorge en coton. Soudain, elle se retrouva frappée de mutisme, comme une adolescente en proie à ses premiers émois sensuels.

— Mademoiselle Marshall, commença-t-il d'une voix rauque en l'observant avec attention. Je peux vous appeler Emmie, n'est-ce pas ?

— Oui, il n'y a pas de problème.

— A moins que vous ne préfériez Emerald ?

Emmie tressaillit. Les gens l'appelaient rarement par son nom de baptême.

— Je ne me sers pas de ce prénom...

— Vraiment ? fit-il en haussant un sourcil brun.

Au grand soulagement d'Emmie, il se tourna vers l'écran de son ordinateur, lui accordant ainsi un instant de répit. Quand il pencha légèrement la tête, la lumière venant de la fenêtre caressa ses épais cheveux noirs, leur donnant des reflets hypnotisants.

Emmie baissa vivement les yeux. Pourquoi réagissait-elle avec une telle acuité ? Bastian Christou était un homme superbe et extrêmement séduisant, certes, mais il ne l'intéressait pas. N'avait-elle pas eu maintes occasions de constater que les types dans son genre, très conscients de leur beauté physique, se révélaient toujours sans intérêt ?

De toute façon, il devait la trouver si insignifiante qu'il ne devait même pas se soucier de ce qu'elle ressentait face à lui. Pour rompre le silence qui s'était installé entre eux, elle insista :

— Oui. Je ne l'utilise jamais, insista-t-elle avec un sourire forcé.

Il devait l'avoir découvert sur son CV ou sa pièce d'identité. Et peut-être se souvenait-il de son prénom parce qu'il était assez rare.

Visiblement indifférent à ce qu'elle lui disait, Bastian Christou leva les yeux et la gratifia d'un sourire glacial.

— Reconnaissez que ce n'est pas tout à fait exact…

Pétrifiée, Emmie battit rapidement des cils. C'était comme si une menace imprécise planait dans l'atmosphère. Elle n'aurait pas su dire d'où venait le danger, mais elle était sûre que quelque chose n'allait pas.

— Pardon ?

— Vous mentez, affirma-t-il en faisant pivoter son ordinateur vers elle.

Quand elle vit la photo affichée sur l'écran, Emmie resta muette de stupeur. Impossible ! Comment cette photo pouvait-elle avoir atterri sur internet ? Emmie se souvenait parfaitement des circonstances dans lesquelles elle avait été prise : au cours de la fête qui avait célébré l'obtention de son diplôme de fin d'études. Oubliant ses réserves habituelles, elle s'était maquillée avec soin et avait mis son unique robe de soirée. Elle gardait un excellent souvenir de cette soirée, mais cela n'expliquait pas ce que la photo faisait aujourd'hui sur internet… D'autant qu'elle ne l'avait envoyée à personne ! Quelqu'un avait forcément eu accès à son propre appareil photo.

— Où avez-vous trouvé cette photo ? demanda-t-elle d'une voix blanche.

— Sur le site Accompagnatrices de luxe pour hommes d'élite.

Bastian observa avec attention les réactions d'Emmie Marshall.

Lorsqu'elle avait vu la photo, la jeune femme était devenue blême et un léger tremblement s'était emparé d'elle. Oui, elle semblait sincèrement ébranlée, constata-t-il avec un léger remords. Cela avait dû lui faire un drôle de choc d'apprendre qu'il était au courant... Mais cette réaction ne le trompait pas ! C'était juste une preuve supplémentaire que, face au danger, la jeune femme déployait de grands talents de comédienne.

— A... Accompagnatrices de luxe pour hommes d'élite..., balbutia Emmie.

Seigneur, c'était le nom de l'agence d'Odette. Horrifiée, elle fixa longuement l'écran. Elle avait l'impression de sentir son cœur sombrer dans sa poitrine. Comment sa mère avait-elle pu lui faire une chose pareille ? Ne lui avait-elle pas maintes fois répété qu'elle ne voulait rien avoir à faire avec ce genre d'activité ?

— Comment l'avez-vous découverte ?

— Pas au cours d'une visite sur le site, c'est sûr, répondit Bastian avec dédain. C'est une personne travaillant ici qui me l'a montrée.

Une vague de nausée monta aux lèvres d'Emmie. Qui d'autre savait ? Combien de personnes pensaient maintenant qu'elle travaillait comme call-girl en dehors de ses heures de bureau ? Mon Dieu, est-ce que tout le monde en parlait dans son dos ? Terrassée par une humiliation atroce, Emmie se maudit d'avoir accepté de s'installer chez Odette.

Même si elle n'avait jamais exercé ce genre d'activité et ne faisait pas partie de cette fichue agence, qui la croirait, à présent ?

— C'est bien vous, n'est-ce pas ? reprit Bastian Christou.

Les mâchoires serrées, Emmie hocha la tête en silence.

— Mais ce n'est pas ce que vous croyez…, dit-elle en se ressaisissant.

— Si vous le permettez, je préfère rester libre de croire ce que je veux, répliqua-t-il d'une voix suave et glaçante à la fois. D'autre part, je vous rappelle que votre contrat stipule que vous ne devez commettre aucun acte susceptible d'attirer le discrédit sur l'entreprise… Or je crains que cette publicité, visible sur internet, n'entre dans cette catégorie.

Emmie sentit le sang se retirer de son visage. Elle n'allait quand même pas perdre son stage à cause d'une initiative stupide de sa mère ! Si ? Cela dit, elle comprenait tout à fait la position de son employeur. Elle non plus n'aurait pas embauché une call-girl…

— Je vais régler cette affaire, dit-elle avec détermination.

— Puis-je savoir comment vous comptez vous y prendre ?

Malgré lui, Bastian se sentait dévoré par la curiosité. Tout semblait si contradictoire chez cette femme… Il plongea son regard dans celui d'Emmie, puis le laissa descendre sur sa bouche pulpeuse. Comme il avait envie de lui arracher ses lunettes et de dénouer cette horrible queue-de-cheval ! Oui, il voulait voir sa beauté nue, enfouir les mains dans cette masse luxuriante de cheveux blonds aux reflets dorés, goûter à cette peau au teint de lis et se perdre dans ces superbes yeux bleus.

Bon sang, alors que la plupart des femmes faisaient tout pour se mettre en valeur, pourquoi celle-ci dissimulait-elle sa beauté naturelle comme si elle en avait honte ? Et comment pouvait-elle, en parallèle, dévoiler cette beauté dans ses activités de call-girl ?

— Je ferai enlever cette photo du site. Elle ne devrait

pas s'y trouver, dit-elle. Je ne travaille pas comme…, répondit-elle avec véhémence.

— Mais pourtant vous entretenez un lien avec cette agence, l'interrompit-il. Ne le niez pas.

La virulence de la jeune femme amusait Bastian. Elle cherchait à le persuader qu'il y avait un malentendu. Mais quand elle apprendrait qu'il avait loué ses services…

— Je vous promets de m'occuper de cette affaire, affirma-t-elle. Et ma photo disparaîtra du site dès que… dès que j'aurai tout arrangé.

— Si vous êtes liée à l'agence par un contrat, ce ne sera pas aussi simple.

Bastian fit glisser la carte de son avocat sur le bureau.

— Si vous avez besoin de conseils ou d'aide, n'hésitez pas à contacter cet avocat de ma part.

— Il n'y a pas de contrat. Je vous répète que je ne travaille pas pour cette agence, répéta obstinément Emmie.

La jeune femme sembla hésiter avant de poursuivre :

— Je suis étonnée que ce ne soit pas le DRH qui s'occupe de cette histoire…

— J'ai préféré traiter le problème moi-même, de façon à éviter tout risque de fuites.

— Merci. J'apprécie votre… attention, répondit-elle en lui adressant un sourire crispé.

— Prenez votre après-midi pour régler cette affaire, proposa-t-il. Je vérifierai le procès-verbal avec Marie.

Visiblement déconcertée, la jeune femme se raidit. Il s'attendait à ce qu'elle revienne sur ses paroles, lui dise que ce n'était pas possible, mais elle n'en fit rien et redressa au contraire les épaules.

— Merci, répéta-t-elle d'une voix à peine audible.

Puis elle se détourna et quitta la pièce, la tête haute et les épaules raides.

Jusqu'à présent, tout se déroulait comme prévu, songea Bastian lorsque la porte se fut refermée sur Emmie Marshall. Elle avait réagi exactement comme il s'y était attendu. Dans quelques heures, sa photo aurait probablement disparu du site de l'agence, ce qui lui convenait à merveille.

Personne ne risquerait plus de découvrir qu'il avait loué les services d'une call-girl…

2.

Lorsque Emmie regagna l'appartement qu'elle partageait avec sa mère, elle trouva cette dernière installée devant son ordinateur, dans l'élégant salon. Agée d'une cinquantaine d'années, sa mère était une femme blonde mince et élancée, qui avait de toute évidence légué ses atouts physiques à Saffy. Sans ce patrimoine génétique exceptionnel sa sœur jumelle ne serait sans doute pas devenue une star internationale dans le monde du mannequinat.

— Tu rentres de bonne heure ! s'exclama-t-elle en se retournant vers sa fille.

— Comment as-tu osé publier ma photo sur ton site sans ma permission ? s'exclama Emmie.

Nullement troublée, Odette haussa une épaule mince d'un air désinvolte.

— Les photos de très belles femmes attirent les clients. Des tas d'hommes importants et riches ont téléphoné pour réclamer spécialement tes services, et je me suis contentée de répondre que tu n'étais pas libre…

Elle soupira avant d'ajouter :

— Si tu te montrais moins bornée, tu pourrais gagner un argent fou !

Déconcertée par son aplomb, Emmie resta un instant silencieuse.

— Tu as pris cette photo dans mon appareil, dit-elle enfin.

Une lueur glaciale passa dans les yeux bleus d'Odette, si semblables aux siens.

— Oui. Je ne vois pas où est le problème…

— Tu ne vois pas ? Alors que tu sais très bien que je ne veux rien avoir à faire avec ton agence…

— Pourtant, tu profites de l'argent qu'elle me rapporte ! l'interrompit sa mère.

— Ce n'est pas vrai ! Je ne profite pas de ton argent. En plus, je te donne tout ce que je gagne au bar.

Odette haussa les sourcils d'un air hautain.

— Autant dire rien du tout ! Si je louais la chambre d'amis, j'obtiendrais trois fois plus que ce que tu me donnes. Au lieu de cela, je te l'ai proposée généreusement, pour t'aider. Et c'est comme ça que tu me remercies ?

— Tu sais que je t'en suis reconnaissante, répondit Emmie, mal à l'aise. Mais je veux que tu supprimes cette photo de ton site. Je ne suis pas une call-girl et je ne veux pas que des gens puissent me prendre pour…

— Les jeunes femmes qui travaillent dans mon agence ne sont pas des prostituées, l'interrompit sèchement Odette. Ce sont des accompagnatrices professionnelles, stylées, cultivées et agréables. Le sexe ne fait pas partie de leurs prestations.

— Qu'est-ce que tu en sais ? riposta Emmie. Si un client leur demande un service supplémentaire qu'il propose de rémunérer, comment peux-tu être sûre qu'elles refusent…

— Cela ne me regarde pas, répliqua Odette en se levant d'un mouvement gracieux. Je ne suis ni leur chaperon ni leur mère. Je ne suis que la directrice de l'agence et je m'occupe entre autres des réservations. Je suis très pointilleuse quant à la sélection de la clientèle, Emmie. Pourquoi considères-tu mon activité avec autant de sévérité et de méfiance ? Mon équipe est constituée de jeunes femmes respectables…

— Je ne les juge pas, je dis seulement que moi, je ne

choisirais pas cette façon de gagner ma vie, c'est tout. Tu veux bien retirer cette photo tout de suite, s'il te plaît ?

— Tu fais vraiment une histoire pour pas grand-chose. Tu n'hésiterais pas à publier cette photo sur l'un des réseaux sociaux sur lesquels tu surfes, j'en suis sûre…

— Ce n'est pas la même chose. Retire cette photo du site de ton agence, maintenant ! insista Emmie. Etre assimilée à une call-girl nuit à ma réputation. Et puis, as-tu pensé aux ennuis que cela pourrait causer à Saffy ? A l'embarras dans lequel elle pourrait se retrouver à cause de toi ?

— Que vient faire ta sœur là-dedans ?

— Nous avons le même visage — à moins que tu n'aies oublié que tu avais des jumelles ? Si elle apprenait cette histoire, Saffy serait folle de rage !

Cet argument ne parut pas ébranler Odette le moins du monde.

— Pourquoi cela t'inquiète-t-il ? Saffy gagne des millions grâce à son visage et son corps : elle est plus maligne que toi ! Et puis, entre nous, vu ce que Topsy m'a raconté, toi et ta jumelle n'êtes pas très proches, c'est le moins que l'on puisse dire…

A ces mots Emmie tressaillit. Sa jeune sœur, Topsy, venait de temps en temps voir leur mère, et elle avait sans doute lâché ce détail par inadvertance. Et bien sûr, à la première occasion, Odette s'en servait contre elle.

— Nous avons beau ne pas être proches, je ne ferais jamais rien qui puisse nuire à la carrière de Saffy, rétorqua-t-elle d'une voix tendue. Et je ne voudrais pas qu'elle se retrouve dans la situation où je me suis retrouvée aujourd'hui. Toute cette affaire me dérange vraiment, alors j'aimerais que tu supprimes cette photo de ton site immédiatement…

Odette laissa échapper un soupir agacé.

— Mon Dieu, c'est si important pour toi ?

— Oui.

Emmie bouillait de rage. Une fois de plus, Odette avait réussi à la culpabiliser et à se placer en position de victime. Sa mère ne s'était même pas excusée d'avoir volé la photo, ni de l'avoir publiée sur le site de son agence sans son autorisation !

Elle brûlait de lui dire tout ce qu'elle pensait de son comportement et du genre de mère qu'elle était… Mais comment l'aurait-elle pu alors qu'elle n'avait pas d'autre endroit où aller ? Non, pour l'instant, elle ne pouvait se permettre une dispute franche avec Odette.

La voix de sa mère lui parvint alors qu'elle quittait la pièce.

— Malheureusement, ce n'est pas aussi simple…

Emmie se retourna sans comprendre.

— Que veux-tu dire ?

— J'ai signé un contrat pour toi…

Un contrat ? Emmie eut l'impression de recevoir un coup de poing en pleine poitrine.

— Comment peux-tu avoir signé un contrat pour moi, puisque je ne fais pas partie de l'agence ? demanda-t-elle dans un souffle.

— Le client m'a offert une telle somme que j'ai accepté, répondit sa mère, sans le moindre embarras. J'ai besoin de cet argent et toi aussi, reconnais-le.

— Tu vas lui rendre son argent tout de suite ! Je ne suis pas à louer, ni à vendre !

— C'est un homme d'affaires hyper-riche. Il m'a envoyé un contrat par coursier, et je l'ai signé à ta place…

— Mais c'est illégal, puisque je ne travaille pas pour toi ! protesta Emmie, scandalisée.

— Et comment comptes-tu prouver que tu ne travailles pas pour moi ? demanda Odette avec un sourire arrogant. Tu as ton nom sur mon site…

Emmie sentit un froid horrible l'envahir.

— Je m'en fiche, dit-elle d'une voix blanche. Débrouille-toi et rends-lui son argent…

— Ce n'est pas aussi simple, répéta Odette. J'ai réglé des factures en retard. Mais il te reste une coquette somme...

— Je n'en veux pas ! l'interrompit Emmie d'un ton brutal. Je ne vais pas accepter ton marchandage sordide pour que tu puisses gagner de l'argent sur mon dos... C'est hors de question, tu m'entends ?

— C'est trop tard : je ne peux pas rendre cet argent, affirma Odette avec calme.

— Ce n'est pas mon problème. Mais j'ignorais que tu avais des soucis d'argent...

— Les temps sont durs, Emmie. Mais ne t'en fais pas, cet homme est jeune, riche et beau...

— Je te répète que je me fiche de ce type... Je ne le ferai pas, ni pour toi, ni pour personne !

— Tu veux que je te dise combien il a payé pour t'emmener à l'étranger le temps d'un week-end ?

— Non ! s'exclama Emmie. Peu importe combien il t'a donné et ce que tu as signé. Tu ne peux pas me louer, ni me vendre. Je ne suis pas un objet. Nous avons déjà eu cette conversation plusieurs fois, et je ne comprends pas que tu aies pu accepter ce contrat !

Sa mère darda sur elle son regard froid .

— Tu es ma débitrice, Emmie, et je...

— Ta débitrice ? Qu'est-ce que tu racontes ? Tu ne t'es jamais préoccupée de moi ! Tu n'es jamais venue me voir, tu ne m'as jamais écrit ni téléphoné, tu n'as jamais versé de pension à Kat qui...

— J'ai traversé des moments très difficiles, la coupa sa mère d'un ton hautain. Et vous étiez très heureuses de vivre avec Kat, toutes les trois. Mais quand il l'a vraiment fallu, j'ai été présente pour toi...

Emmie se força à garder son calme.

— Tu peux préciser quand, s'il te plaît ?

— Quand tu as eu besoin de cette opération, pour ta jambe. Tu craignais de boiter à vie, tu te souviens ?

Sans moi, ce serait peut-être le cas, déclara Odette d'un air solennel.

Décontenancée, Emmie dévisagea sa mère en silence.

— Tu veux dire que c'est toi qui as financé mon opération ?

— Où crois-tu que Kat aurait pu trouver l'argent nécessaire ? riposta Odette en haussant un sourcil méprisant.

Bouleversée, Emmie s'éloigna rapidement et alla se réfugier dans sa chambre. Machinalement, elle se prépara pour aller travailler au bar. Elle avait la curieuse impression d'évoluer dans une sorte de brouillard. Etait-ce vrai que sa mère avait financé la coûteuse intervention chirurgicale qui avait changé sa vie ?

Devait-elle cela à Odette ?

En quittant l'appartement pour aller travailler, elle repensa à cette période particulièrement sombre de sa vie. Le jour de l'accident, elle avait non seulement été gravement blessée, mais elle avait aussi perdu la relation si unique qu'elle entretenait avec Saffy. Sa jumelle s'était toujours sentie coupable de s'être sortie indemne de l'accident. Surtout, comme elles étaient parties faire une petite virée en voiture avec des amis à elle, Saffy s'estimait responsable de cet accident. Persuadée qu'elle aurait mérité d'être blessée à sa place, Saffy s'était montrée farouchement protectrice dans les mois qui avaient suivi. A vrai dire, elle ne l'avait pas quitté d'une semelle pendant des semaines.

C'était comme si elle ne comprenait pas que la proximité constante de sa perfection physique, de sa santé rayonnante, n'avait fait qu'aggraver la détresse d'Emmie.

Belle, sportive et extrêmement sociable, Saffy était la fille la plus enviée et admirée du lycée. Comment ne pas lui en vouloir de cette popularité, ne pas être jalouse, d'autant que personne ne se privait de faire des comparaisons blessantes entre elles deux ? Saffy était la perfection même, tandis qu'elle…

Ses pensées continuèrent à hanter Emmie durant toute la soirée. Dieu merci, quand elle rentra à l'appartement, sa mère était déjà au lit. Elle n'aurait pu supporter un nouvel affrontement ! Mais une fois au lit elle ne trouva pas le repos.

A supposer qu'Odette ait dit la vérité, qu'elle ait financé l'intervention, cela n'impliquait quand même pas qu'elle doive se plier à toutes ses exigences ! Ni s'abaisser à tenir compagnie à ce type. Un homme qui avait payé pour obtenir ses services !

Odette avait parlé d'un week-end à l'étranger : rien de plus scabreux ! A cette pensée, un long frémissement la parcourut. Et puis, qu'est-ce qui lui disait que ce n'était pas un dangereux pervers ?

Le lendemain matin, au petit déjeuner, elle prit une tranche de pain grillé avant de trouver le courage d'affronter le regard de sa mère.

— Je voudrais voir le contrat que tu as signé.

Odette termina sa tasse de café avec sa nonchalance habituelle, puis se leva et quitta la cuisine. Quelques instants plus tard, elle revint avec un document peu épais.

Après avoir rapidement parcouru les premières pages, son regard tomba sur le nom du client : Sebastiano Christou ! Instinctivement, elle resserra les doigts sur la feuille de papier. Comment était-ce possible ? Comment son patron pouvait-il avoir loué ses services en tant que call-girl, après l'avoir informée que ses activités nuisaient à la réputation de son entreprise ?

Folle de colère, Emmie attrapa son sac à main posé sur une chaise et y fourra le contrat.

— Je m'en occupe, dit-elle d'une voix crispée.

— Tu n'es pas surprise de voir de qui il s'agit ?

— Je devrais l'être ?

— Tu travailles dans son entreprise…

— Ah, tu l'avais remarqué ? répliqua Emmie d'un ton sardonique.

— Bien sûr. Cela va donner un peu de piquant à ton stage, laissa tomber Odette avec un sourire moqueur.

— Je ne vois vraiment pas ce qu'il y a de piquant là-dedans ! riposta Emmie en se levant.

Quand elle arriva au bureau, sa colère avait pris des proportions indescriptibles. Bastian Christou n'était qu'un sale hypocrite. Après avoir osé lui tenir des discours moralisateurs, il avait payé une somme insensée pour louer ses services. Mais, au moins, elle savait maintenant pourquoi il l'avait regardée de cet air étrange. Il s'imaginait sans doute que, puisqu'elle travaillait comme call-girl, elle dissimulait en réalité une audace et une sensualité débordantes sous sa terne apparence. Eh bien, il allait voir de quoi elle était capable — question audace en tout cas !,

— Monsieur Christou et moi avons discuté d'une affaire privée, hier, et je dois le voir le plus rapidement possible pour l'informer de… d'un nouvel élément, Marie.

Sans faire aucun commentaire, mais en évitant son regard, l'assistante de Bastian Christou souleva son téléphone pour le prévenir.

— Vas-y.

Puis, toujours sans la regarder, Marie ajouta, :

— Mais sois prudente…

— Comment cela, prudente ?

— Avant ses fiançailles, Bastian a connu un nombre impressionnant de maîtresses, murmura Marie.

Le visage en feu, Emmie préféra ne pas protester. La situation était déjà bien assez compliquée sans qu'elle ne commence à inventer des explications. D'un pas décidé, elle se dirigea vers le bureau de son patron.

Une fois devant la porte, elle hésita un bref instant puis frappa et entra.

Debout devant la fenêtre, Bastian pencha légèrement la tête sur le côté en la regardant d'un air interrogateur. Sans un mot, elle sortit le contrat de son sac et le posa brutalement sur le bureau.

— Ah, vous savez, dit-il avec calme.

— Oui, je sais. Et maintenant, il est temps que vous sachiez que ce n'est pas possible. Et que ce ne sera jamais possible ! Mais il y a une chose que je ne comprends pas : comment, après m'avoir sermonnée au sujet du discrédit que je pourrais causer à votre entreprise, avez-vous osé réserver mes services ?

— Tout simplement parce que je me suis rendu compte que vous étiez la personne idéale. Celle dont j'avais besoin, répliqua-t-il avec le même calme. Mais si vous n'êtes pas d'accord, il suffit que vous me rendiez l'argent que j'ai versé à l'agence — et nous n'en parlerons plus.

Emmie sentit le désespoir la gagner. Elle ne pourrait jamais lui rendre la somme colossale qu'il avait donnée à Odette. Non seulement elle n'avait pas d'économies mais, depuis ses études, elle avait gardé un découvert à la banque. Et comme sa mère avait avoué s'être déjà servie de cet argent pour rembourser ses dettes, elle ne voyait vraiment aucun moyen de rendre son argent à son patron…

— Je me demande comment vous pouvez encore me regarder en face, dit-elle avec mépris.

Sans un mot, il s'avança lentement vers elle de sa démarche souple et décontractée. Il y avait vraiment quelque chose de félin en lui, de prédateur… quelque chose qui l'empêchait de détacher les yeux de sa haute silhouette.

Soudain, il tendit le bras et, d'un geste rapide, lui ôta ses lunettes avant de les examiner en fronçant les sourcils.

— C'est du verre transparent, dit-il en redressant la tête. Je m'en doutais : vous n'avez pas besoin de correction visuelle.

— Rendez-les-moi ! ordonna Emmie.

Au lieu de lui obéir, il les posa sur son bureau en éclatant de rire, puis tendit de nouveau le bras vers elle. Avant qu'elle n'ait eu le temps de réagir, il défit la pince retenant ses cheveux, et la laissa tomber sur le bureau à côté des lunettes.

— Qu'est-ce qui vous prend ? demanda Emmie dans un souffle.

— J'essaie de voir en vous l'accompagnatrice haut de gamme dont j'ai loué les services.

Trop stupéfaite pour exprimer sa colère, elle contempla un long moment le beau visage ténébreux de son patron. Elle devait à tout prix résister à la chaleur qui se répandait dans tout son corps. Dans un sursaut, elle se reprit et tenta de rassembler toute la colère qui l'habitait.

— Comment osez-vous vous conduire ainsi ? s'exclama-t-elle d'une voix sourde.

— Je suis dans mon droit — même si cela vous déplaît, riposta-t-il tranquillement.

Bastian eut la satisfaction de voir les pupilles de la jeune femme se dilater, trahissant le trouble qui l'envahissait en dépit de ses protestations. Ses yeux avaient pris une teinte proche du cobalt et, d'aussi près, Emmie Marshall était encore plus belle qu'il ne l'avait imaginé, sa peau plus transparente, sa bouche plus sensuelle…

Un désir d'une puissance inattendue le traversa. Il avait devant lui une créature vraiment superbe, mais il avait l'habitude de fréquenter des femmes ravissantes. De plus, les femmes qui demandaient de l'argent en échange de leurs attentions le dégoûtaient.

Malheureusement, face à Emmie, sa répugnance naturelle semblait disparaître.

— Vous ne m'avez pas louée ! Je ne suis ni à louer ni à vendre ! s'écria la jeune femme.

— Pourtant, j'ai réussi à réserver votre temps pour tout un week-end.

Un éclair fusa dans ses yeux bleus.

— Non ! Pas question !

— Alors rendez-moi mon argent, répéta-t-il d'une voix lente. Une accompagnatrice récalcitrante ne m'intéresse pas, et en persistant dans cette attitude, vous ne me seriez d'aucune utilité.

Emmie recula et récupéra ses lunettes et sa pince à cheveux. Que faire ? Si elle refusait de jouer le rôle qu'il attendait d'elle — un rôle pour lequel il avait payé une somme astronomique — il exigerait d'être remboursé, c'était tout à fait normal.

A cette idée, une véritable fureur s'empara d'elle. Non, Odette ne pouvait pas emporter la victoire aussi facilement ! Après tout, elle pourrait très bien nier tout lien avec son agence et laisser Bastian Christou intenter un procès à sa directrice pour récupérer son argent. Mais cela plongerait sa mère dans d'importantes difficultés financières et juridiques. Avait-elle vraiment le cœur de lui faire subir tout ça alors qu'elle avait financé l'opération qui lui avait permis de retrouver une vie normale ? Non, bien sûr que non. Mais ce chantage odieux — car il s'agissait bien de cela — la révoltait.

— Pourquoi ce déguisement ? demanda Bastian en la regardant rechausser ses lunettes. Avez-vous peur d'être reconnue au bureau ?

— Si vous voulez, répondit-elle en détournant le regard.

Bien sûr, elle ne pouvait lui révéler la vérité. Elle n'avait jamais confié à personne que, à partir du jour où le visage et la silhouette de Saffy étaient devenus célèbres dans le monde entier, elle-même avait eu l'impression de ne plus s'appartenir. Et lorsque, parfois, des gens croisés dans la rue l'avaient prise pour Saffy, elle s'était retrouvée dans un embarras affreux. On lui avait même demandé des autographes, des photos ! Des hommes lui avaient fait des avances… Et chaque fois qu'elle avait répété ne pas être Sapphire Marshall, non seulement personne ne l'avait crue, mais certains s'étaient même mis en colère.

Bastian s'appuya contre son bureau avec nonchalance.

— Si vous vous débrouillez bien, je vous accorderai une prime, dit-il d'une voix douce. Car je vous rappelle qu'il s'agit d'un arrangement d'affaires, pas d'un voyage d'agrément.

Emmie sursauta. Etait-ce sa façon de procéder quand une femme se montrait difficile : il lui offrait davantage d'argent, des toilettes somptueuses, des bijoux ? Se servait-il souvent de sa fortune pour satisfaire ses caprices ?

— Avez-vous l'habitude de recourir aux services de call-girls ? demanda-t-elle d'une voix glaciale.

— Vous serez la première… et la dernière, répondit-il avec un sourire froid.

— Et pourquoi ne pas m'avoir dit que vous m'aviez déjà… réservée, lorsque vous m'avez fait venir ici pour me parler de ma photo ? Vous ne trouvez pas que c'est un peu hypocrite, comme attitude ?

— J'ai agi par pur bon sens. Puisque je désire vous

emmener au mariage de ma sœur, je ne veux pas que votre profil reste visible sur le site de l'agence, répondit-il avec son assurance habituelle. Et je ne suis pas hypocrite. Au contraire, je suis le plus transparent des hommes, croyez-moi.

Quoi ? Emmie se demanda si elle avait bien compris.

— Vous désirez que je vous accompagne au mariage de votre sœur ? A un événement familial ?

— Je veux que rien ne trouble le grand jour de ma petite sœur Nessa, reconnut Bastian. En me voyant avec vous, elle sera persuadée que je me suis remis de la rupture de mes fiançailles, et cela la rendra heureuse. Nessa est une jeune femme au cœur tendre. Et comme mon ex est l'une de ses demoiselles d'honneur, ce sera mieux pour tout le monde si je viens au mariage en couple.

— Votre ex est demoiselle d'honneur au mariage de votre sœur ? Ne risque-t-elle pas de se montrer… un peu… collante ?

— Justement : elle le sera moins si vous êtes à mon bras. Alors, puis-je compter sur votre collaboration ?

Emmie déglutit avec peine. A moins de gagner à la loterie, elle ne pourrait jamais rembourser Bastian. Par conséquent, elle n'avait aucune échappatoire. Mais au fond, quel risque prenait-elle en allant passer un week-end avec Bastian dans sa famille, parmi des invités sans doute nombreux ? A l'entendre, sa proposition paraissait innocente, sûre.

Réprimant la colère qui frémissait encore en elle, Emmie hocha la tête en signe d'assentiment.

— Reste à régler la question vestimentaire, dit Bastian. Il vous faut des tenues appropriées pour tout le week-end.

— Ce n'est pas nécessaire…

— Si, la coupa-t-il en contemplant son chemisier trop large et sa jupe ordinaire d'un air réprobateur. Je vais vous organiser un rendez-vous avec un styliste et quelqu'un se chargera de tous les achats.

Il se tut un instant, comme perdu dans ses pensées, avant d'ajouter :

— J'assume tous les frais, cela va sans dire. J'ai votre numéro de portable : vous recevrez toutes les informations nécessaires par SMS.

3.

Adossé à l'escalier de son jet privé, Bastian attendait Emmie, mais lorsqu'il la vit se diriger vers lui, il ressentit un véritable choc. Avec ce pantalon court dévoilant ses chevilles fines et gracieuses, ce chemisier moulant ses seins hauts et ronds, et perchée sur de hauts talons qui lui donnaient une démarche chaloupée, elle offrait un mélange de chic, de beauté et de sensualité indéniable.

Elle était parfaite pour le rôle. Personne ne douterait de l'authenticité de sa liaison avec une femme à l'allure de star de cinéma et à la démarche de déesse. Incapable de détacher les yeux de cette ravissante apparition, il la regarda approcher.

Sans l'horrible déguisement dont elle s'affublait généralement, et dans une tenue digne de sa beauté, Emmie Marshall était somptueuse. Non pas que cela lui importe de quelque façon que ce soit, se rappela-t-il. Cette femme n'était là que pour tenir son ex-fiancée à distance. De toute façon, n'avait-il pas toujours préféré les brunes de petite taille ? Oui, sans doute, mais le désir qui vibrait au plus profond de son corps ne semblait pas de cet avis.

Bastian serra les mâchoires. Après tout, sa réaction était simplement humaine. S'il était resté insensible devant la sensualité d'Emmie, s'il ne s'était pas demandé si cette bouche pulpeuse était aussi douce qu'elle en avait l'air, cela aurait plutôt été inquiétant. Non ?

A cet instant, il aperçut deux photographes qui la

suivaient et se maudit de ne pas les avoir remarqués plus tôt. D'un geste, il fit signe à ses gardes rapprochés d'aller s'occuper de ces rapaces.

— Bonjour, Emmie, dit-il d'une voix caressante.

— Bonjour, monsieur Christou répliqua la jeune femme d'un ton glacial.

Bien décidée à résister au charisme brut émanant de cet homme, Emmie le foudroya du regard. Vêtu d'un costume sombre coupé sur mesure, la mâchoire soulignée par une barbe de deux jours soigneusement entretenue, les paupières à demi baissées sur ses yeux bruns aux reflets cuivrés, il était plus beau et plus viril que jamais. Emmie sentit une vague de chaleur se déployer dans son ventre tandis que ses seins se dressaient sous son top de soie. Elle s'embrasait littéralement, de la tête aux pieds. Génial, il ne manquait plus que ça ! Pourvu qu'il n'ait rien remarqué…

— Bastian, corrigea-t-il avant de tendre les bras vers elle.

Décontenancée, Emmie resta un moment paralysée. Depuis leur entretien, elle s'était convaincue qu'elle n'avait rien à craindre de Bastian Christou. Une fois qu'ils se retrouveraient dans sa famille, il n'aurait sans doute pas beaucoup de temps à lui consacrer. Et puis elle n'était pas son type de femmes. Non, il désirait seulement parader avec elle, s'était-elle longuement répété.

Mais quand il referma les bras autour de sa taille et l'attira vers lui, Emmie sentit toutes ses convictions s'envoler.

Avec une douceur inouïe, Bastian caressa le coin de sa bouche sous ses lèvres fermes, faisant naître mille étincelles en elle. Et lorsque de sa langue il lui entrouvrit les lèvres avant d'explorer sa bouche, en un assaut presque sauvage, elle se sentit gagnée par une excitation inconnue.

Les sensations qui naissaient en elle étaient bien plus intimes que tout ce qu'elle avait ressenti avec Toby. Des frissons délicieux se répandaient dans tout son corps. Quant au désir qui pulsait entre ses cuisses, il éveillait en elle une frustration presque insupportable.

Lorsque Bastian s'écarta d'elle, les yeux étincelants, Emmie eut envie de le prendre dans ses bras et de le retenir contre elle pour mieux s'abandonner à son étreinte. Peu importait qu'il soit son patron ou qu'ils se trouvent dans un endroit public. Seul comptait le désir qui la consumait. Pourtant elle reprit très vite ses esprits. Elle ne pouvait pas se permettre un tel laisser-aller, surtout vu la nature de la mission pour laquelle il l'avait embauchée…

— Je ne m'attendais pas à un contact phy… physique, dit-elle d'une voix tremblante.

Du coin de l'œil, elle vit l'un des photographes tenter de se dégager de la poigne de l'un des gardes du corps de Bastian.

— Nous sommes supposés être amants, rappela Bastian avec un haussement d'épaule désinvolte. De toute façon, qu'est-ce qu'un baiser ?

Pour Emmie, il s'était agi de bien davantage qu'un simple baiser. Cette étreinte lui avait procuré l'embrasement des sens qu'elle avait attendu toutes ces années. Mais ce n'était sans doute qu'un stupide fantasme adolescent, se reprocha-t-elle en essayant de reprendre la maîtrise de son corps. Bastian avait raison : un baiser n'était qu'un baiser. Quant à l'art avec lequel il l'avait embrassée, il confirmait sa réputation d'amant hors pair, voilà tout.

Quand ils embarquèrent à bord de son jet privé, Bastian se maudissait encore. Emerald Marshall s'avérait une compagne plus redoutable qu'il ne l'avait imaginée et il devrait redoubler de méfiance. Apparemment, séduire le client faisait partie de la prestation, et il devait reconnaître qu'elle était douée. Ne l'avait-elle pas enflammé d'un seul regard ? Mais si elle croyait que ça suffirait pour faire de lui ce qu'elle voulait, elle allait être déçue ! Car quoi qu'elle en pense, il avait des principes. Et coucher avec une femme dont il avait payé les services n'en faisait pas partie.

De toute évidence, Bastian n'était pas de bonne humeur, songea Emmie en l'entendant rabrouer le steward qui s'efforçait de lui être agréable. Peu désireuse de subir elle-même ses foudres, elle prit un magazine et feignit de s'absorber dans sa lecture tout en lui adressant un regard en biais. Son profil, pur et arrogant, était vraiment d'une beauté à couper le souffle… Pourquoi cette mauvaise humeur ? Après tout, c'était lui qui l'avait embrassée, pas elle.

Décidément, les hommes étaient une race étrange, dont l'on pouvait fort bien se passer, au fond. Mais certaines femmes comme Odette semblaient avoir toujours besoin d'un homme dans leur vie. Emmie s'abîma tristement dans ses pensées. Elle possédait si peu de souvenirs de son enfance avec sa mère. Pas plus que de son père d'ailleurs. Ses parents avaient divorcé au moment où son père avait fait faillite. La séparation avait été difficile et amère pour lui et, quand il s'était remarié et avait voulu fonder une nouvelle famille, il avait préféré oublier qu'il avait déjà deux filles de sa précédente épouse.

La dernière fois qu'Emmie avait vu son père, elle avait douze ans. Grâce à internet, elle savait où il vivait, à quoi ressemblait sa femme, et elle connaissait les prénoms de ses demi-frères et sœurs. A l'adolescence, encouragée par

Kat, elle lui avait écrit pour reprendre contact, mais il ne s'était même pas donné la peine de répondre à sa lettre. Quant à sa mère, elle s'était vite remise de son divorce et, du temps où elle travaillait encore comme mannequin, était passée d'homme en homme avec insouciance. Emmie se souvenait encore du défilé perpétuel d'hommes dans leur appartement. Le seul à s'être montré passablement agréable avec Saffy et elle avait été le père de leur jeune sœur, Topsy. Un joueur de polo sud-américain, mais il n'avait pas traîné longtemps dans les parages et était reparti sans crier gare dans son pays.

Après avoir été témoin des liaisons éphémères, voire calamiteuses, de sa mère, Emmie s'était juré qu'elle n'aurait jamais besoin d'un homme dans sa vie. Les hommes étaient exigeants et difficiles ; ils dirigeaient tout ; ils étaient égoïstes…

Machinalement, elle posa les yeux sur le superbe spécimen de la gent masculine assis à côté d'elle. Il se penchait vers le bar encastré dans la paroi et était en train de se servir un verre, comme si elle n'existait pas.

Soudain, Emmie en eut assez, et même plus qu'assez. Elle s'était habillée exactement comme il l'avait souhaité, elle était arrivée à l'heure, souriante… Enfin, non, peut-être pas souriante mais, au moins, elle se montrait prête à faire des efforts ! Tandis que lui…

— Vous boudez comme un gamin…, dit-elle sans réfléchir. Vous mijotez votre prochain caprice ?

Bastian se tourna vers elle et la regarda d'un air surpris.

— Pardon ?

— Vous êtes lunatique et vous vous enfermez dans votre mutisme comme si je n'existais pas…, soupira-t-elle. Mais je suppose que je ne suis pas censée me plaindre ? Toutefois, si cela ne vous dérange pas trop, j'aimerais bien boire quelque chose, moi aussi. Un jus d'orange, par exemple.

Sans un mot, il rouvrit le bar et en sortit une bouteille qu'il décapsula.

— Tout va bien, vous pouvez vous détendre, ajouta Emmie en prenant le verre qu'il lui tendait. De toute façon, je sais déjà que vous ignorez tout des bonnes manières.

— Vous avez vraiment besoin de m'insulter ? demanda-t-il d'un ton brusque.

Décidée à ne pas se laisser intimider par son attitude, elle ne détourna pas le regard.

— Je faisais simplement la conversation. Et mon intention n'était pas de vous insulter. Vous ne dites jamais s'il vous plaît ni merci, et vous passez devant les gens sans même vous excuser. Comme vous êtes riche et puissant, la plupart de ceux que vous rencontrez sont vos subalternes, et naturellement vous en profitez — peut-être même sans vous en rendre compte. Mais comme le pouvoir et l'argent dirigent le monde, j'imagine que je ne peux même pas vous blâmer de vous comporter comme une brute.

Stupéfait, Bastian contempla un instant la jeune femme assise près de lui. Jusqu'à présent, personne ne l'avait jamais attaqué avec une telle virulence. Et, en général, les femmes avaient au contraire tendance à faire étalage de flatteries. Pour qui se prenait Emmie Marshall, et comment osait-elle le critiquer ? Si cela faisait partie de ses manœuvres de séduction, si elle pensait se démarquer en l'insultant, et bien elle se trompait lourdement !

— Je ne profite pas de mes employés ! s'emporta-t-il.

Certes, il s'embarrassait rarement de formules de politesse. Mais tout simplement parce qu'il n'était pas bavard, et qu'il n'avait pas de temps à perdre. Et il s'efforçait toujours de donner des instructions claires et concises, en évitant tout mot superflu. En outre, son entreprise était réputée pour offrir d'excellentes conditions de travail à ses employés.

— Si, vous profitez de Marie, répliqua Emmie sans hésitation. Etant donné que je prépare son planning, je sais de quoi je parle. Bien sûr, son salaire doit…

— En effet, elle n'a pas à se plaindre de ce côté-là, l'interrompit-il sèchement.

Bastian commençait à se demander s'il n'avait pas commis une erreur. Comment allait-il supporter cette femme durant tout un week-end sans avoir envie de lui tordre le cou ?

— Mais je me demande si c'est suffisant pour la dédommager, alors qu'elle est mariée, mère de trois enfants, et qu'elle travaille jusqu'à 20 heures la veille de Noël, riposta Emmie d'un ton docte. Et que, le jour de ses quarante ans, vous lui demandez à la dernière minute de vous accompagner en voyage d'affaires, l'obligeant ainsi à reporter la fête prévue ce soir-là.

— Je n'ai jamais demandé à Marie de rester aussi tard le soir du réveillon. Quant à son anniversaire, étant donné que j'en ignore la date, je n'ai rien à dire sur ce sujet. Et je vous ferais remarquer que si Marie préfère ne faire aucune allusion à ses obligations, c'est son entière responsabilité — pas la mienne !

— La veille de Noël, vous lui avez dit que vous aviez un travail urgent à lui confier, et elle l'a fait sans se plaindre, répliqua Emmie avec calme. Marie est très consciencieuse. Et, en ce jour particulier de l'année, un employeur attentionné aurait su lui manifester sa reconnaissance.

Bastian eut du mal à desserrer les mâchoires.

— Taisez-vous ! dit-il d'une voix dure. Je ne veux plus vous entendre durant tout le vol !

*
* *

Souriant intérieurement, Emmie ferma les yeux, puis les rouvrit pour observer son patron à la dérobée. Elle l'agaçait, ce qui ne la culpabilisait pas le moins du monde. Il n'avait qu'à réfléchir avant de l'embrasser. En cédant à une impulsion absurde, il avait franchi une des limites de leur arrangement.

— Vous n'auriez pas dû m'embrasser, dit-elle tout à coup.

— Très bien. Alors expliquez-moi comment vous comptez jouer le rôle de ma petite amie aux yeux de ma famille, si vous ne pouvez pas supporter un simple baiser ! riposta-t-il d'un ton sardonique.

— Aucun membre de votre famille ne se trouvait à l'aéroport, que je sache. Et, une fois arrivés à destination, tout ira bien — à condition que vous respectiez les règles du jeu.

— De quelles règles parlez-vous ?

Emmie soutint son regard furieux en redressant le menton.

— Vous êtes prié de ne me toucher qu'en cas d'extrême nécessité, dit-elle avec hauteur. Vous avez loué mon temps, mais ne commettez pas l'erreur de croire que vous avez acheté autre chose.

— Voulez-vous dire que vous ne couchez jamais avec vos clients ?

Une telle incrédulité avait teinté sa voix qu'Emmie eut envie de le gifler.

— Non, jamais, affirma-t-elle avec force.

— Bientôt vous allez m'annoncer que vous êtes vierge ! s'exclama-t-il en ouvrant son ordinateur portable.

Blessée malgré elle, Emmie pinça les lèvres et reporta son attention sur son magazine. Elle avait tenu à être claire, afin que Bastian sache dès le départ que le sexe n'était pas inclus dans le contrat.

L'espace d'un instant, elle regretta de ne pas pouvoir lui révéler toute la vérité. Mais comment aurait-elle pu lui expliquer que sa mère dirigeait l'agence et qu'elle lui avait fait du chantage pour la forcer à accepter ce contrat ? D'une part, c'était trop humiliant de reconnaître qu'Odette était quasiment prête à tout pour de l'argent. Et surtout, Bastian ne croirait jamais qu'elle n'avait jamais travaillé comme call-girl, qu'il était en fait son premier et dernier client.

Et puis, après tout, pourquoi se soucier de ce qu'il pensait d'elle ? Bastian Christou n'était qu'un milliardaire gâté et dominateur. Au fond, elle n'était pas surprise qu'il ait préféré recourir aux services d'une professionnelle, plutôt que de demander de l'aide à une amie. D'ailleurs, elle n'aurait même pas été étonnée d'apprendre qu'il n'avait pas d'amie.

La colère frémissant encore en lui, Bastian regarda Emmie dormir, la joue appuyée sur sa main fine aux ongles vernis d'un rose délicat. Dans cette pose d'abandon, elle offrait un tableau presque… émouvant, reconnut-il en laissant errer son regard sur ses longues jambes allongées devant elle, et sur ses gracieuses chevilles croisées. Et quand il remonta les yeux sur ses cheveux magnifiques, répandus sur ses minces épaules, puis caressa du regard ses lèvres pulpeuses s'entrouvrant imperceptiblement à chaque souffle, il fut parcouru d'un frisson brûlant.

Pour une accompagnatrice haut de gamme, elle ne faisait pas grand effort pour le divertir… Toutefois, si elle avait jacassé à tort et à travers durant tout le vol, il ne l'aurait pas supporté, non plus. Mais il ne s'était certes pas attendu à la voir manifester un tel détachement. Et encore moins à ce qu'elle s'endorme sans se soucier de sa présence. Cette attitude désinvolte frôlait l'insulte ! En fait, il devait bien s'avouer qu'il avait imaginé qu'elle tenterait de flirter sans vergogne et de lui faire des avances. Surtout qu'il avait fait le premier pas en l'embrassant.

Après tout, il était doté d'un physique avantageux et à la tête d'une fortune colossale. Il était habitué à être courtisé par les femmes. La plupart étaient prêtes à tout pour l'impressionner, le charmer, le séduire… Mais elles ne s'endormaient pas en sa compagnie, comme s'il faisait partie des meubles !

Bastian serra les poings. Cette femme ne réagissait jamais comme il se l'imaginait. Car, oui, en fait, il devait l'avouer : il était déçu qu'elle n'ait pas profité de la situation pour lui sauter dessus.

Emmie se réveilla juste au moment où le jet atterrissait sur la piste de l'aéroport d'Athènes.

Une fois qu'ils furent descendus sur le tarmac, elle s'avança d'un pas hésitant vers l'hélicoptère qui les attendait. A vrai dire, elle dormait encore à moitié… Mais lorsque Bastian l'informa qu'ils allaient sur une île, nommée Treikos, elle se réveilla tout à fait et se tourna vers lui avec un sourire volontairement ironique.

— Une île privée, bien sûr ! J'aurais dû m'y attendre : cela fait partie de la panoplie du parfait milliardaire grec.

— Treikos appartient à mon grand-père, répliqua Bastian d'un ton sec.

— Je vois que votre humeur ne s'est pas améliorée.

— Je suis de très bonne humeur ! rugit-il, visiblement à bout de patience.

Voyant un éclair brûlant traverser ses yeux sombres, Emmie tressaillit. Quoi qu'elle fasse pour le nier, elle était de plus en plus sensible au charme impérieux de cet homme. Confortablement installée à bord de l'hélicoptère, elle repensa à sa conduite, dans le jet. Elle n'avait pas cessé de contredire Bastian, elle l'avait critiqué, et lui avait même adressé des reproches d'un ton méprisant. Emmie sentit la honte l'envahir. Cet homme avait payé une petite fortune pour obtenir les services d'une accompagnatrice agréable et, au lieu de cela, il avait hérité d'une mégère à la langue de vipère…

Comme le bruit assourdissant des rotors empêchait toute communication, elle sortit un stylo de son sac et écrivit son message sur le dos de la main.

En matière de femmes, Bastian se croyait blasé. Aucune n'aurait pu le surprendre, il en était persuadé. Mais quand Emmie tendit sa main vers lui, et qu'il y lut, écrit au stylo-bille : « Je suis désolée », il se sentit complètement décontenancé.

Il cligna les paupières, regarda de nouveau la main tendue vers lui et, soudain, ressentit une formidable envie d'éclater de rire. Redoutant cependant de la blesser, alors qu'au contraire il admirait la franchise et la simplicité avec laquelle elle reconnaissait son attitude désagréable, il se garda bien de rire. Puis, sur une impulsion, il lui prit la main et lui embrassa le bout des doigts, en signe de pardon.

Le contact des lèvres de Bastian sur sa peau fut bref, mais fit néanmoins naître un violent frisson qui se propagea dans tout le bras d'Emmie. Troublée, elle retira vivement sa main. Finalement, cet homme avait du style. Cependant, c'était en partie sa faute à lui si elle s'était conduite de façon aussi effrontée et brutale. Car son baiser l'avait désarçonnée, et ensuite elle n'avait plus été maîtresse de ses réactions. Avec le recul, elle avait l'impression de s'être ridiculisée en répondant avec tant d'enthousiasme à son baiser.

Bastian devait avoir l'habitude de provoquer ce genre de réaction chez les femmes. Il était d'une beauté troublante, son corps était ferme, ses lèvres douces et exigeantes, et elle aurait pu l'embrasser durant une heure sans se lasser…

Toutefois, il ne s'agissait que d'un réflexe mécanique. Jamais encore elle n'avait ressenti une telle attirance sexuelle et elle s'était laissée emporter, voilà tout. Soudain, Emmie regretta son poste de stagiaire, où ce genre de tentation n'existait pas. Là-bas, Bastian Christou avait été une silhouette fugitivement croisée ou entrevue, qu'elle n'avait que rarement l'occasion d'approcher.

— Vous aviez raison à propos des bonnes manières, dit-il en l'aidant à descendre d'hélicoptère. Je suis inexcusable. J'ai passé des années dans un établissement anglais réservé à l'élite où elles m'ont été inculquées. Ensuite, à quatorze ans, je suis allé passer l'été en Italie, chez ma mère, et… j'en ai perdu l'usage…

Surprise par cet aveu, Emmie se retourna vers lui.

— Pourquoi ?

— Ma mère m'a dit que chaque fois que je lui ouvrais la porte elle avait l'impression d'être une vieille dame, et qu'à force de dire merci à tout bout de champ j'avais l'air d'un larbin.

— Je sais que certaines femmes considèrent la politesse masculine comme une attitude sexiste, répliqua Emmie. Mais je ne partage pas cet avis.

— C'est ce que je constate.

Une lueur amusée dansa dans les yeux bruns de son patron.

— Comme je ne la voyais pas souvent, poursuivit-il, je faisais de mon mieux pour impressionner ma mère, et j'avais envie qu'elle soit fière de moi, mais apparemment, j'en faisais trop.

Peut-être. Ou alors, sa mère était une femme insensible, ajouta Emmie en son for intérieur. En tout cas, elle-même s'était trompée en jugeant Bastian sur les apparences, et en présumant que son manque de politesse venait de sa richesse et de son statut.

— Je crois que je nourrissais des préjugés à votre sujet, avoua-t-elle.

— Je pourrais dire la même chose vis-à-vis de vous.

— J'essaierai de ne pas vous en vouloir d'être riche, murmura-t-elle.

Bastian faillit éclater de rire. C'était bien la première fois que quelqu'un lui reprochait sa fortune.

— Et moi, j'essaierai de ne pas nourrir de conceptions erronées sur votre… sur le métier que vous exercez en dehors du bureau.

— N'utilisez pas le terme de métier, fit Emmie en tressaillant. Il fait trop penser à l'expression : le plus vieux métier du monde.

— Vous avez raison, j'ai manqué de tact.

Un garde du corps fermant la marche, ils s'avançaient maintenant sur un petit sentier de cailloux blancs, lorsqu'Emmie sentit Bastian lui prendre la main.

Surprise, elle baissa les yeux sur leurs doigts enlacés.

— A partir d'ici, on peut nous voir de la maison, expliqua-t-il avec un sourire. Alors… Il s'agit d'un cas d'extrême nécessité, tu ne crois pas, *koukla mou* ? Pour ton information, cela veut dire : ma belle.

Troublée par la chaleur de sa voix et de son regard, Emmie se raidit. Tout était faux, se rappela-t-elle vivement, et ce sourire incroyable illuminant les traits de Bastian n'était destiné qu'à tromper sa famille.

Se sentant rougir, Emmie détourna les yeux et regarda l'impressionnante maison blanche qui dominait la plage.

— C'est… ta maison ?

— J'ai fait démolir la vieille villa de mon père et construire celle-ci à sa place il y a six ans. Auparavant, je vivais chez mon grand-père, à l'autre extrémité de l'île.

Saisie d'un trac épouvantable, Emmie contempla la grande bâtisse.

— Nous n'avons même pas préparé notre scénario de couverture, fit-elle soudain remarquer. Où sommes-nous supposés nous être rencontrés ?

— Au bureau, faisons simple. Mais je ne pense pas que quiconque te pose de questions embarrassantes. En général, mes amis et ma famille craignent de me froisser, par conséquent, ils devraient se montrer charmants et discrets.

Ses paroles étaient sans nul doute destinées à la rassurer, mais au contraire, elles redoublèrent la nervosité d'Emmie. Cependant, étonnamment, la chaleur de la main de Bastian enserrant la sienne la réconfortait. Bien sûr, elle savait que cela aussi faisait partie de leur petite comédie, mais c'était un contact apaisant.

— Cesse de t'inquiéter, chuchota Bastian, comme s'il avait deviné son anxiété. Tout se passera bien, tu verras. Et puis, n'oublie pas que le but du jeu est de veiller à ce que rien ne vienne troubler le grand jour de Nessa.

— Et ton ex, elle ne va pas m'en vouloir d'être présente ?

— Elle est trop superficielle pour t'en vouloir, répliqua-t-il d'un ton neutre.

— Et pourtant, tu envisageais de l'épouser ?

— Tout le monde n'est pas adepte de l'amour romantique, *koukla mou*.

En haut des marches, une femme âgée d'une bonne cinquantaine d'années les attendait, un sourire accueillant aux lèvres. C'était Angelina, la gouvernante, lui glissa Bastian avant que cette dernière ne se lance dans un long discours en grec, à grand renfort de gestes des mains.

Après avoir conversé quelques instants avec Angelina,

Bastian entraîna Emmie dans un vaste hall au fond duquel trônait un magnifique escalier s'élançant en une courbe majestueuse vers les étages.

— Tout le monde est à la piscine, expliqua-t-il.

Ses paroles résonnèrent dans l'espace tandis qu'Emmie inspirait à fond et passait ses paumes moites sur son pantalon. Soudain, elle entendit des voix animées venant de l'extérieur, suivies de bruits d'eau et de cris excités d'enfants.

En lui tenant la main, Bastian s'avança dans la lumière dorée. Soudain, une jeune femme blonde se leva de son transat, un sourire ravi sur le visage.

— Bastian ! Je commençais à désespérer de te voir arriver !

Gagnée par un embarras atroce, Emmie sentit tous les regards converger vers elle. Tous sauf celui de Bastian, qui semblait avoir oublié sa présence et l'abandonnait lâchement à son sort. Furieuse et mal à l'aise, Emmie s'approcha du bord du bassin pour se donner contenance. Soudain, quelqu'un passa en trombe à côté d'elle, la percutant violemment. Déstabilisée par le choc et déséquilibrée à cause de ses hauts talons, elle poussa un cri et bascula en arrière. Elle sentit sa tête heurter quelque chose de très dur tandis qu'une douleur atroce lui vrillait la tête. Ensuite, tout devint noir.

Lorsqu'elle reprit connaissance, Emmie était allongée sur un lit immense dans ses vêtements trempés. Et une douleur sourde lui martelait la tête.

— As-tu mal au cœur ? demanda la voix profonde, teintée d'inquiétude, de Bastian.

Emmie voulut se redresser, mais aussitôt Bastian posa une main, douce mais ferme, sur son ventre pour l'empêcher de bouger.

— Reste allongée. Tu as une énorme bosse à la tête.

Ouvrant tout à fait les yeux, Emmie le distingua, penché au-dessus d'elle… et simplement vêtu d'une serviette nouée autour des hanches…

— Tu… Tu n'es pas habillé…, murmura-t-elle.

— Non. Et toi, tu es en train de tremper le lit, répliqua-t-il sans sourire.

Embarrassée et fascinée, Emmie ne pouvait détacher les yeux des abdominaux les plus parfaits et les plus virils qu'elle ait jamais contemplés.

Bastian possédait un corps de rêve…

— Le médecin va arriver, ajouta-t-il.

Puis, sans lui demander son avis, il la souleva dans ses bras avec délicatesse.

— Que… Qu'est-ce que tu fais ? balbutia Emmie.

— Je t'emmène à la salle de bains pour que tu puisses enlever tes vêtements mouillés, répondit-il sans s'émouvoir. Tu crois que tu pourras tenir debout ?

— Il le faudra bien, murmura Emmie tandis qu'il la reposait doucement sur ses pieds. Que s'est-il passé ?

— Un jeune t'a heurtée en courant, tu es tombée dans la piscine et tu as perdu connaissance…

— Mon Dieu, j'aurais pu me noyer !

Bastian la relâcha, et ses genoux se mirent à trembler si fort qu'elle craignit de s'effondrer sur place.

— Excuse-moi, j'ai un vertige…

Bastian la reprit dans ses bras et la souleva de nouveau avant de s'asseoir sur le bord de la baignoire en la serrant contre lui.

— Je t'interdis de tenter de m'aider à me déshabiller !

Aussitôt, il la déposa à même le sol.

— Tu penses vraiment que je pourrais profiter de la situation ?

Frissonnant au contact du carrelage froid, Emmie remonta ses genoux contre sa poitrine et appuya son front contre le mur.

— Laisse-moi. Je vais me débrouiller…

— Tu as une piètre opinion de moi, répliqua Bastian d'une voix rauque.

— Désolée, chuchota-t-elle.

Au bord des larmes, Emmie se sentait affreusement faible et, en même temps, terrifiée. Le week-end commençait mal… A peine arrivée, elle avait basculé dans la piscine, et risqué de se tuer.

Sans dire un mot, Bastian fit glisser son haut trempé par-dessus la tête d'Emmie et le laissa tomber sur le sol. Puis il passa un peignoir autour de ses fines épaules à la peau si claire. Les cils baissés, ses belles lèvres pulpeuses tremblantes, Emmie avait l'air si vulnérable, si fragile. Bastian ressentit un étrange pincement dans la poitrine. Sans doute parce qu'il ne s'était jamais retrouvé dans ce genre de situation. Quoi qu'il en soit, il se sentait dérouté, envahi par une sollicitude étrange et perturbante.

Assez, ce n'était pas le moment de se mettre à analyser ses émotions. Bastian aida Emmie à se relever en lui conseillant de se tenir au rebord du lavabo, puis il lui ôta son pantalon d'un geste sec. Il devait à tout prix empêcher la jeune femme de deviner son trouble.

— Je suis désolée, répéta Emmie, les yeux brillant de larmes.

— Pourquoi t'excuses-tu ? la rabroua-t-il avec irritation.

Il aurait dû se montrer plus doux, après tout, elle venait de subir un véritable choc, mais il faisait déjà des efforts surhumains pour se comporter en gentleman. Ne pas contempler ce corps superbe qui se découvrait peu à peu relevait du calvaire. D'autant que son propre corps se montrait peu docile et manquait de le trahir à chaque instant.

Comment cette femme, qui n'était même pas son style,

pouvait-elle l'exciter à ce point ? Dès qu'il se retrouvait à proximité d'Emmie, il perdait tout self-control. N'était-ce pas se conduire comme le plus parfait des égoïstes de ne songer qu'à son corps somptueux, alors qu'Emmie était dans un état lamentable ? Oui, il se comportait comme un salaud. Mais bon sang, il n'avait jamais prétendu être un saint !

Et puis il n'avait évidemment pas l'intention de profiter de la situation. Dire qu'il avait d'abord pensé qu'Emmie allait tout tenter pour le séduire… Quelle ironie !

Il regarda la jeune femme resserrer les pans de son peignoir sur son buste, comme si elle se trouvait face à un satyre prêt à le lui arracher… Non, il n'y avait rien de provocant ou d'ambigu dans l'attitude d'Emmie. Bon sang, était-il devenu présomptueux au point de croire que toutes les femmes étaient prêtes à se jeter à son cou ?

— Si je comprends bien, c'est toi qui m'as repêchée, dit Emmie avec un regard en direction de la serviette qui ceignait sa taille.

— Oui, confirma-t-il en détournant les yeux.

Après avoir regagné la chambre à pas lents, Emmie se dirigea vers le lit.

— Je voudrais m'étendre encore un peu. Ensuite, je m'habillerai et je viendrai vous rejoindre.

— Nous verrons. Pour l'instant, nous devons surtout attendre le médecin.

Appuyée aux oreillers, Emmie tourna la tête vers Bastian et sentit le souffle lui manquer. Parfaitement à l'aise, il avait laissé tomber sa serviette et s'apprêtait à enfiler un caleçon. Comme il se tenait dans l'embrasure d'une petite porte, peut-être ne se rendait-il pas compte qu'elle pouvait le voir depuis le lit. Fascinée, Emmie ne put s'empêcher de dévorer du regard ce corps superbe et musclé. Puis elle ferma les yeux et serra les paupières.

Quand elle les rouvrit, Bastian boutonnait à moitié la veste d'un élégant costume de lin gris perle, puis il quitta la pièce sans lui adresser un regard. Il devait croire qu'elle dormait.

Quelques instants plus tard, des coups légers furent frappés à la porte. Elle se redressa péniblement et vit paraître sur le seuil la jeune femme blonde qui avait accueilli Bastian à leur arrivée.

— Vous vous sentez mieux ? demanda celle-ci en souriant. Je suis Nessa, la sœur de Bastian. Si vous préférez vous reposer tranquillement, dites-le-moi, je reviendrai plus tard.

— Non, pas du tout, entrez, répondit Emmie en répondant à son sourire.

Pas un instant elle n'avait songé que cette jeune femme blonde, pas très grande et aux adorables rondeurs, puisse être la sœur de Bastian.

— Je n'ai jamais vu mon frère réagir aussi vite ! Il a plongé dans la piscine presque en même temps que vous !

— Je suis vraiment désolée pour tout ce raffut, soupira Emmie. Qui m'a percutée, au fait ?

— L'un de mes cousins. Ses parents sont affreusement embarrassés et ils voulaient venir s'excuser parce que l'accident aurait pu avoir des conséquences plus graves. Mais nous leur avons dit qu'il valait mieux vous laisser vous reposer pour l'instant.

— Je n'ai rien de sérieux, répliqua Emmie d'un ton rassurant. Et puis, personne n'est jamais à l'abri d'un accident.

— Comment va votre tête ? Cela ne vous dérange vraiment pas que je reste un peu à côté de vous ?

— J'ai seulement une grosse bosse ! Restez, vous ne me dérangez pas du tout.

Nessa lui effleura la main.

— Mon Dieu, vous êtes glacée ! Glissez-vous sous la couette et réchauffez-vous. Je vais vous chercher un remontant !

— Je vous prive de vos amis, murmura Emmie d'un ton coupable.

— En fait, ce sont plutôt ceux de Bastian, corrigea la jeune femme en se retournant avant de franchir le seuil. Nous sommes chez lui après tout.

Réconfortée par la sollicitude de la jeune femme, Emmie se glissa sous la couette.

Nessa réapparut presque aussitôt avec un verre qu'elle lui tendit.

— Buvez ça. J'ai lu quelque part qu'après un choc c'était le meilleur remède.

Machinalement, elle porta le verre à ses lèvres et manqua s'étouffer. Le cognac lui brûlait la gorge, mais peu à peu, une chaleur bienfaisante se répandit dans sa poitrine et dans son ventre.

— Vous avez raison, murmura-t-elle. Ça réchauffe !

— Maintenant, parlez-moi de vous deux…, dit Nessa en s'asseyant sur le bord du lit. J'ai été folle de joie en apprenant qu'il avait rencontré une autre femme, et si vite… Comme par enchantement !

— Oh oui, ça a été… magique ! approuva Emmie.

Nessa devait être très jeune, et sa franchise avait quelque chose de rafraîchissant.

— Vous êtes tellement belle ! poursuivit la sœur de Bastian. Quand elle vous verra, Lilah va s'arracher les cheveux…

— Vous croyez… ?

— C'est ma demoiselle d'honneur mais elle s'est comportée de façon déplorable avec mon frère, affirma Nessa d'un ton réprobateur. Il ne mérite pas d'être traité ainsi, et elle aurait dû renoncer à venir à mon mariage… Mais au contraire, elle a insisté pour respecter son engagement, alors qu'elle n'a plus sa place parmi nous.

— Peut-être n'a-t-elle pas voulu vous faire faux bond ?

— Pas du tout, répliqua Nessa en secouant la tête d'un air convaincu. Lilah veut récupérer Bastian ! Et elle croit le connaître, mais elle se trompe : il est dur…

— Oui, je sais, approuva Emmie sans réfléchir.

— Il est forcé de l'être. A dix-huit ans, il avait déjà subi les quatre divorces de son père et supporté trois belles-mères. Les gens ne comprennent pas ce qu'il a enduré, ni ce que ça lui a fait, affirma Nessa en plissant le front. Ma mère a été la seule à ne pas le maltraiter.

— Il a au moins eu cette chance, dit Emmie d'une voix douce.

Bastian ne serait sans doute pas ravi d'apprendre que sa sœur lui avait fourni autant de renseignements sur son compte… mais elle ne comptait pas empêcher la jeune femme de se livrer ! Au contraire, cette part de la personnalité de Bastian l'intriguait.

— Bastian n'a jamais eu de vie de famille. Il ne sait pas ce que c'est.

— L'enfance est parfois difficile, approuva Emmie sans s'appesantir sur le sujet.

L'innocence et la spontanéité de Nessa étaient si émouvantes ! A présent, elle comprenait que Bastian n'ait pas voulu lui gâcher son grand jour.

— Moi, je n'ai pas à me plaindre, dit Nessa en souriant. J'ai été gâtée par ma mère. Mais Bastian n'a pas eu cette chance. Au contraire.

— Il est très sûr de lui, et très secret, remarqua Emmie.

— C'est pour cela que je vous raconte tout cela, pour que vous le compreniez mieux. Parce que si vous espérez qu'il se confie, vous risquez d'attendre longtemps.

Nessa appuya ses paroles d'une grimace comique.

— Dès que j'ai appris que vous travailliez avec lui, reprit-elle, j'ai compris que vous seriez une femme normale : exactement ce qu'il faut à Bastian !

A cet instant, on frappa de nouveau à la porte. Bastian

apparut et s'effaça pour laisser passer un homme d'une soixantaine d'années. Le médecin sans doute.

— Tu n'as pas besoin de rester, dit-elle à Bastian avec un sourire crispé.

— Malheureusement, le Dr Papadopoulos ne parle pas un mot d'anglais, répliqua-t-il d'un ton moqueur.

Impossible d'avoir le dernier mot avec cet homme ! Réprimant son agacement, Emmie hocha la tête sans rien dire un moment, le visage impassible.

Le médecin l'examina et Bastian traduisit les questions et ses réponses. Apparemment, le traumatisme était bénin et une bonne nuit de repos devrait suffire à lui faire oublier sa mésaventure. Hormis la bosse, bien sûr, qui mettrait un certain temps à se résorber.

Le médecin lui donna quelques comprimés, destinés à calmer son mal de tête, et s'en alla après l'avoir saluée cordialement.

Aussitôt, Emmie se redressa et tendit la main vers ses vêtements posés près du lit.

Bastian s'arrêta sur le seuil de la chambre et se retourna.

— Tu as entendu ce qu'a dit le docteur ? Tu dois te reposer !

— Je vais bien… Et je ne voudrais pas vous causer de soucis, la veille du mariage de Nessa.

— Tu pourrais rentrer à Londres et déposer une plainte contre moi, dit-il soudain, avec le plus grand sérieux.

— Je n'en ai pas du tout l'intention ! Ce n'est pas mon genre ! s'indigna-t-elle.

Le visage indéchiffrable, Bastian se détourna et alla rejoindre le médecin qui l'attendait dans le couloir.

Une fois seule, Emmie repoussa la couette et se débarrassa de son peignoir. A présent, elle avait trop chaud. Puis elle ôta ses sous-vêtements encore humides et se rallongea en laissant échapper un soupir d'aise. Une petite sieste lui ferait d bien, le médecin et Bastian avaient raison. Mais sa dernière remarque l'avait perturbée.

Quelles expériences avait-il vécu pour être devenu aussi cynique et méfiant ? Elle s'était fort bien sortie de sa chute dans la piscine, alors pourquoi avait-il craint qu'elle ne le poursuive en justice ? Avait-il souvent représenté une cible pour des personnes mal intentionnées et sans scrupule ?

4.

Lorsqu'elle se réveilla deux heures plus tard, Emmie se sentait beaucoup mieux. Son mal de tête avait disparu, et elle entreprit de se lever. Quelqu'un avait visiblement monté ses bagages dans la chambre pendant qu'elle faisait la sieste. Elle ouvrit avec reconnaissance sa valise et en sortit la robe fuchsia qu'elle avait choisie pour la soirée. D'après ce que lui avait dit Bastian, une petite fête réunissant les habitants de l'île était prévue, aussi décida-t-elle de se préparer avec soin.

Elle se doucha, se lava les cheveux, et après les avoir longuement séchés elle se maquilla légèrement. Ensuite, elle passa sa robe couleur fuchsia au décolleté bordé de pierreries et dont la jupe courte s'évasait en une sorte de corolle qui s'épanouissait à chaque pas. Chaussée de sandales à hauts talons assorties à la teinte de la robe, elle se sentit enfin armée pour faire face à tout.

Et résolue à se montrer une compagne agréable, aussi… D'un pas assuré, elle descendit le magnifique escalier.

Debout dans le hall, Bastian accueillait les invités en compagnie de son grand-père, Théron, de Nessa et son fiancé, Leonides, lorsqu'il vit avec surprise apparaître Emmie, visiblement en pleine forme.

Aussitôt, il se sentit assailli par l'une de ces pulsions

embarrassantes qui semblaient désormais l'affecter : il fut submergé par le désir de se précipiter vers elle, de la soulever dans ses bras, de la ramener dans son lit, et de s'y allonger avec elle.

De toutes les créatures ravissantes rencontrées au cours de sa vie, aucune n'aurait pu rivaliser avec Emmie Marshall. Ses longs cheveux aux reflets d'or ondoyaient sur ses épaules rondes et minces, ses grands yeux bleus étincelaient comme des étoiles, tandis qu'un chaleureux sourire illuminait sa belle bouche pulpeuse et ses traits fins.

Au prix d'un violent effort, il détourna le regard et reporta son attention sur sa jeune sœur. A son côté Nessa souriait chaleureusement à Emmie. De toute évidence, sa sœur la trouvait sympathique. En fait, elle semblait même la considérer comme sa nouvelle fiancée. Mais dès que Nessa reviendrait de sa lune de miel, il rétablirait la vérité. Elle serait déçue, bien sûr, mais elle se remettrait facilement. Il n'aurait qu'à lui dire que sa liaison avec Emmie était terminée et qu'il était passé à autre chose.

Oh oui, d'ici là, il en aurait effectivement terminé avec elle. Il en avait plus qu'assez des réactions inappropriées de son corps dès qu'elle paraissait. Visiblement insensible à son trouble, la jeune femme s'avançait de sa démarche gracieuse vers lui. Bon sang, il n'avait jamais désiré une femme avec une telle force !

Décidée à faire oublier sa désastreuse arrivée dans l'après-midi, Emmie adressa son plus beau sourire au petit groupe qui entourait Bastian.

— Ah, voici la charmante rescapée…, commença le vieil homme aux cheveux d'un blanc de neige.

Il était presque aussi grand que Bastian, et avait le même regard perçant.

— Je suis soulagé que Bastian n'ait pas réussi à vous

noyer dans la piscine dès votre arrivée, Emmie, poursuivit-il avec humour. Je suis son grand-père, Theron Christou.

Bastian lui présenta ensuite son futur beau-frère, Leonides, puis ils bavardèrent quelques instants avant d'aller s'installer à table.

Nessa insista alors pour qu'elle s'assoie à côté d'elle, tandis que Bastian et Theron trônaient au bout de la table. Emmie dut faire un effort pour goûter aux délicieux plats qui se succédèrent. En réalité, elle mourait de faim, mais une telle nervosité s'était emparée d'elle, qu'elle se sentait incapable d'avaler la moindre bouchée. Soulevant son verre de cristal, elle avala une gorgée de vin pour se donner une contenance.

Hélas, chaque fois qu'elle levait les yeux et croisait le regard de Bastian, toutes ses pensées s'emmêlaient. C'était comme si son cœur se mettait à battre plus vite et qu'un tremblement intérieur s'emparait de tout son corps. Et que dire de cette chaleur qui se déployait au plus intime de sa féminité, chaque fois que les yeux magnifiques de Bastian rencontraient les siens.

Oui, le désir l'assaillait sans répit. Pourtant, cela ne lui ressemblait pas ! Ce n'était pas elle qui réagissait ainsi, ce n'était pas possible. Jamais elle n'avait éprouvé de réaction aussi violente à la proximité d'un homme, aussi sublime soit-il. Jamais elle n'avait senti son corps brûler, comme s'il réclamait les caresses de Bastian. Et comme si seules ses mains, ses lèvres, sa langue, pouvaient apaiser le feu qui la consumait.

Pour être honnête, elle avait toujours pensé que ce genre d'embrasement n'existait que dans les romans et les fantasmes, mais elle découvrait que ces sensations fabuleuses pouvaient bel et bien se produire dans la réalité. Et même, qu'elles pouvaient bien lui arriver, à elle.

Après le dîner, les invités s'installèrent dans un vaste salon équipé d'un bar, où un DJ les attendait, ainsi que de nombreux invités qui offrirent des présents aux fiancés.

Tout le monde parlait grec, et très vite, Emmie se sentit un peu perdue. Bastian se rapprocha d'elle et lui passa un bras protecteur autour de la taille. Puis, il la présenta à toutes sortes de gens. Déstabilisée par ce contact, Emmie tenta de se concentrer mais la tête lui tournait, tandis que noms et visages se confondaient dans son esprit. Et puis les effluves épicés de l'eau de toilette de Bastian, mêlés à son odeur fraîche et virile, lui donnaient le vertige.

Les sens à vif, Emmie percevait tout de lui, le moindre de ses mouvements, chaque intonation de sa voix profonde, la pression de ses longs doigts sur ses reins, sa hanche. Malgré elle, son corps réagissait à la présence de Bastian. Ses seins se gonflaient, et leurs pointes frémissaient, comme s'ils se sentaient à l'étroit sous le bustier de sa robe. Et au creux de son ventre se répandait une chaleur brûlante. C'était de la folie pure que de réagir ainsi à la proximité de Bastian Christou, mais chaque fois qu'elle croisait son regard sombre et étincelant, toute pensée rationnelle s'évaporait de son esprit.

Non, assez, le désir la rendait stupide ! Bastian était un séducteur redoutable, expérimenté, réputé pour ses innombrables conquêtes féminines, et son propre manque d'expérience faisait d'elle une proie facile, voilà tout.

— Dansons, murmura Bastian en se penchant légèrement vers elle.

Sans attendre sa réponse, il l'entraîna parmi les invités. Emmie frissonna. Elle ne voulait pas danser, encore moins se retrouver enlacée étroitement à Bastian. Mais il était déjà trop tard : Bastian se tourna vers elle et pressa ses hanches contre les siennes en refermant ses bras puissants autour de sa taille.

Horrifiée de sentir un violent tremblement parcourir tout son corps, Emmie essaya de s'écarter un peu. Mais elle était comme soudée à Bastian. De guerre lasse, épuisée par sa lutte contre les émotions qui l'assaillaient, elle ferma les yeux et se laissa aller contre lui. Alors, il l'embrassa.

Instinctivement, Emmie se tendit vers lui et accueillit les caresses de ses lèvres fermes sans résister. Ivre de volupté, elle garda les yeux clos et s'abandonna au baiser en laissant échapper un gémissement contre les lèvres de Bastian.

Lentement, il redressa la tête et murmura :

— J'ai envie de toi, *moraki mou*…

A regret, Emmie souleva les paupières et le dévisagea. Eblouie par la beauté de son visage, elle s'enflamma tout entière. Dans les bras de cet homme, elle n'était plus elle-même, mais une créature sauvage et indomptable.

La femme qu'elle ne s'était jamais autorisée à être.

Cette pensée jaillit dans son esprit tandis que des signaux d'alarme se déclenchaient, mais le désir qui la ravageait semblait trop puissant pour être bridé. Et Bastian le partageait, comprit-elle en sentant son érection contre son ventre.

— Tu me rends fou, poursuivit-il, presque avec reproche. Je ne vis jamais d'aventures d'une nuit…

— Moi non plus, murmura-t-elle dans un souffle.

Un éclat d'or pur scintilla dans les yeux bruns de Bastian.

— Ce soir, oublions tout…, dit-il d'une voix rauque.

— Non…, protesta faiblement Emmie.

Mais lorsqu'il reprit sa bouche avec passion, toutes ses résolutions sombrèrent dans le néant.

D'un pas assuré, Bastian leur fraya un chemin parmi la foule d'invités, une main fermement arrimée sur ses reins. Il répondait d'un geste ou d'un sourire à ceux qui s'adressaient à lui sur leur passage mais sans prononcer un mot.

Côte à côte, ils gravirent le majestueux escalier, toujours en silence. Mais lorsqu'ils parvinrent au premier étage et s'avancèrent dans le long couloir, loin de la musique, des voix et des lumières vives, Emmie sentit l'angoisse l'envahir. Comment avait-elle pu se conduire de façon aussi irresponsable ? Pourtant, non, elle ne regrettait rien. Ses lèvres frémissaient encore des baisers de Bastian, et une excitation insensée avait pris possession de tout son être.

Dès qu'ils furent entrés dans la chambre, Bastian referma la porte d'un coup de pied. Puis, les yeux mi-clos, il prit le visage d'Emmie entre ses mains.

— Lorsque nous serons de retour à Londres, nous oublierons ce qu'il s'est passé cette nuit, murmura-t-il.

Cette phrase lui fit l'effet d'une douche froide. A quoi jouait-elle ? Il était hors de question de passer la nuit avec ce séducteur.

— Rien ne va se passer, s'exclama-t-elle d'une voix qu'elle espérait ferme. Je ne suis pas une femme facile et je…

Il lui posa un doigt sur les lèvres.

— Tu me désires autant que je te désire.

De façon absurde, elle l'admit sans protester.

Juste une nuit, se promit Bastian. Une seule nuit durant laquelle il s'abandonnerait au plaisir avec cette femme somptueuse, enfreignant au passage tous ses principes. Quant à ne pas être une femme facile… il aurait préféré ne pas avoir entendu ses paroles. Ou retrouver sa lucidité et faire sortir cette tentation ambulante de sa chambre. Mais le désir qui le dévorait annihilait toute raison, toute logique.

Après s'être débarrassé de sa veste et avoir déboutonné sa chemise d'un geste brusque, il attira Emmie contre lui, pressé de retrouver le goût enivrant de sa bouche. Puis tout en l'embrassant avec passion, il la souleva dans ses bras avant de l'allonger sur le lit. Les mains un peu tremblantes, il lui ôta ces sandales aux talons vertigineux qui accentuaient sa démarche de déesse.

Les caresses de la bouche de Bastian, de sa langue, faisaient à Emmie l'effet d'une drogue. Elle avait déjà l'impression de ne plus pouvoir s'en passer. Allongée sous lui, elle savourait le poids de son corps lorsque soudain, il fit glisser la fermeture de sa robe.

— Bastian… Non… il ne faut pas…, commença-t-elle en écartant sa bouche de la sienne.

Mais sa protestation mourut sur ses lèvres car elle se retrouva enveloppée dans la robe qu'il faisait passer par-dessus sa tête.

— Au contraire, il le faut, répliqua Bastian d'une voix rauque.

Puis il approcha son visage du sien et lui lécha le cou, sous l'oreille, là où son pouls battait à tout rompre.

Bastian ferma les yeux. La peau d'Emmie avait un délicieux goût de cannelle sous sa langue, exactement tel qu'il l'avait imaginé… Il descendit sa bouche affamée sur sa gorge chaude. Et au moment où ses lèvres s'aventuraient entre ses seins ronds et fermes, il trouva l'agrafe de son soutien-gorge et la défit.

— Ce n'est pas raisonnable, protesta Emmie.

— Raisonnable ? répéta-t-il avec incrédulité.

Sans la quitter du regard, il se redressa et tira sur les pans de sa chemise. Il y eut un bruit de tissu déchiré tandis que les boutons voltigeaient dans toutes les directions, mais il n'en avait que faire. Pour l'heure, seule comptait la femme allongée sur ce lit.

— La raison n'a rien à voir avec ce que nous ressentons. Il s'agit d'instinct, *moraki mou*. De pulsions…

Emmie frissonna. Etait-ce son instinct ou sa fascination qui l'empêchèrent de protester ? Elle l'ignorait. Ce qu'elle savait en revanche, c'était qu'elle était incapable de détacher les yeux du torse à la peau cuivrée qui s'offrait à son regard. Une vague de chaleur déferla dans tout son corps tandis que, les yeux brûlant de désir, Bastian contemplait ses seins nus.

Avec une lenteur à peine supportable, il en caressa les pointes sensibles et gonflées. Malgré elle, elle creusa les reins pour aller à sa rencontre. Oui, il devait s'agir d'instinct et de pulsions, sinon elle aurait sans doute pu lutter, alors que là elle se sentait complètement impuissante… Bastian abandonna ses seins, et entreprit de caresser délicatement le bas de sa cuisse, avant de remonter avec une douceur exquise. Brusquement, ses doigts s'immobilisèrent à l'intérieur de sa cuisse, avant de reprendre leur progression en suivant le léger relief de la longue cicatrice qui courait sur sa cuisse.

— Qu'est-ce que c'est ? demanda-t-il en se redressant.

— J'ai subi une intervention chirurgicale, balbutia-t-elle avec gêne. Il y a longtemps… Tu vois, je suis loin d'être parfaite…

— Je ne désire pas la perfection : je m'en fiche !

Avec délicatesse, il caressa la cicatrice comme s'il s'agissait d'un trait de beauté et non d'un défaut.

— Et je te désire tellement, reprit-il d'une voix rauque. Tu m'excites à un point inimaginable.

Il se redressa de nouveau et quitta le lit pour faire glisser rapidement son pantalon et son caleçon sur ses hanches étroites.

Médusée, Emmie retint son souffle, il était si beau… si viril. Une appréhension soudaine l'envahit, mêlée de timidité et de doute : elle n'avait aucune idée de comment s'y prendre avec un homme. Mais elle trouvait son sexe d'une beauté fabuleuse. Sa vue provoquait en elle un trouble profond et émouvant.

Le désir était décidément un phénomène bien mystérieux. Il provoquait toutes sortes de réactions inconnues en elle. Jamais elle n'aurait imaginé qu'elle pourrait brûler de toucher, de caresser un corps d'homme.

Bastian revint s'allonger à côté d'elle et administra de nouveaux tourments délicieux à ses seins, avec ses mains, sa bouche et sa langue. Et quand il mordilla les pointes durcies et les aspira tour à tour entre ses lèvres, Emmie ne put retenir un gémissement de plaisir. Mais lorsqu'il glissa la main sur son ventre et l'arrêta tout contre son sexe, Emmie s'arrêta de respirer.

— Jamais une femme n'a suscité un désir aussi violent en moi, chuchota-t-il.

Puis il déchira le minuscule morceau de soie qu'elle avait enfilé comme culotte, comme si cette dernière barrière entre eux lui était insupportable.

Ainsi, les sensations qui submergeaient Bastian étaient aussi intenses que celles qui la ravageaient… Ce constat fit disparaître en elle toute honte et toute pudeur. Elle regarda celui qui était sur le point de devenir son amant, admira les traits sculptés de son visage, se laissa aspirer par la profondeur de son regard. Il était si différent des autres hommes. Jamais personne n'avait fait naître de telles sensations en elle.

Bastian avait repris l'exploration de son corps et, enfin, il la caressa là où elle brûlait de sentir ses doigts. Quand il s'attarda sur son clitoris gorgé de plaisir, Emmie tressaillit au plus profond de son être. Comme s'il comprenait ses désirs les plus secrets, des désirs sur lesquels elle n'aurait su mettre de mots, Bastian se laissa glisser le long de son corps. Les mains enfouies dans ses épais cheveux noirs, elle le laissa faire. Il lui écarta les cuisses sans qu'elle n'oppose la moindre résistance. Et lorsqu'il se mit à explorer le cœur de sa féminité avec ses lèvres et sa langue, Emmie se mit à haleter en soulevant les hanches pour mieux s'offrir à ses caresses.

Egarée dans un monde où seul comptait le plaisir, elle sentit une spirale se former au creux de son ventre et se déployer avec la force d'un ouragan. L'instant d'après, elle se trouva emportée au bord de l'abîme.

Alors, Bastian se redressa d'un mouvement leste et la pénétra d'un vigoureux coup de reins.

Un cri échappa à Emmie. De douleur et de volupté ? Elle n'aurait su le dire. Un peu des deux sans doute. Aussitôt, Bastian s'immobilisa et la regarda d'un air inquiet.

— Non ! Ne t'arrête pas ! supplia-t-elle.

Pourvu qu'il n'arrête pas. S'il arrêtait tout maintenant, elle ne le supporterait pas, elle le sentait.

Quelle idiote elle était d'avoir crié ! Car s'il y avait une chose sur laquelle elle ne souhaitait pas attirer l'attention, c'était bien sa virginité. Elle avait été surprise par l'intensité de la douleur qui l'avait transpercée, voilà tout. Elle aurait sans doute dû prévenir Bastian, mais elle n'avait aucune envie d'en parler. Et puis comment trouver les mots adéquats pour faire cette révélation embarrassante ?

Les joues en feu, elle ferma les yeux et serra les paupières, se concentrant sur les sensations merveilleuses qui la parcouraient au moindre mouvement de Bastian.

Il était en elle. Et c'était à la fois stupéfiant et merveilleux…

— Ça va ? demanda-t-il soudain d'une voix tendue.

— Très bien ! répondit-elle avec un sourire rassurant.

En effet, la douleur refluait déjà, laissant place à une excitation fabuleuse.

— Excuse-moi si j'ai été trop brutal…, murmura-t-il. Tu es… extraordinaire…

Il se retira lentement avant de s'enfoncer encore plus profondément en elle, puis recommença son enivrant va-et-vient. Emmie sentit le plaisir se répandre dans son ventre, sa poitrine, s'amplifiant à chaque nouveau coup de reins.

La fusion était parfaite, l'harmonie totale. La même passion les possédait tandis que Bastian lui faisait l'amour avec fougue. Soulevant les hanches pour mieux l'accueillir en elle, Emmie l'encouragea en lui caressant les reins.

Peu à peu, elle se sentit franchir de nouvelles limites, s'envoler vers de nouvelles hauteurs encore insoupçonnées. Et soudain elle s'abandonna au raz-de-marée qui la submergeait en poussant un cri émerveillé.

Bastian donna un dernier coup de reins et sombra avec elle dans la jouissance, avec une longue plainte. Perdue dans un monde inconnu et fabuleux, Emmie resserra ses bras autour de lui.

Après être resté immobile quelques instants, Bastian roula sur le côté et lui déposa un petit baiser sur le front.

— Nous venons de vivre une expérience fantastique, *moraki mou*…

Fantastique, en effet, songea Emmie dans une sorte de brume douce et vaporeuse. Grâce à Bastian, elle avait découvert l'univers de la volupté. Elle se sentait plus détendue, plus comblée qu'elle ne l'avait jamais été. Mais elle n'allait pas pour autant se laisser aller à des fantasmes d'adolescente, songea-t-elle avec détermination. Bastian s'était avéré un amant merveilleux, mais ils n'avaient partagé que leurs corps, rien de plus. Pas question de s'imaginer qu'elle était tombée amoureuse. Cela n'apporterait que souffrance et déception. Non, elle maîtrisait parfaitement la situation et ses émotions.

Bastian s'écarta et la regarda, la belle lueur cuivrée éclairant ses yeux sombres.

— Mais tu me dois quelques explications, non ? Parce que, pour moi, tout ça ressemble fort à un coup monté…

5.

Emmie redescendit brutalement de son petit nuage et le dévisagea stupéfaite.

— Un… un coup monté ? balbutia-t-elle. Je ne comprends pas : de quoi parles-tu ?

— Tu étais vierge, dit-il, la bouche crispée.

A ces mots, elle se redressa avec autant de dignité que possible et, saisissant le couvre-lit, le remonta sur sa poitrine. Comme elle avait été stupide de croire qu'il ne se rendrait compte de rien… Maintenant, l'heure des explications avait sonné.

— En effet. Et alors ? répliqua-t-elle en relevant le menton dans l'espoir de dissimuler son trouble.

— Alors pourquoi t'être jetée ainsi à ma tête ? demanda-t-il d'un ton froid. Je ne suis pas fier de m'être laissé entraîner au lit, mais je ne m'attendais qu'à une banale partie de jambes en l'air.

Quel goujat !

— Je ne t'ai pas entraîné au lit ! riposta-t-elle avec colère, indignée par la brutalité de ses paroles.

— Tu es si belle, si sensuelle, Emmie. Dès que je t'ai vue arriver à l'aéroport, j'ai su que j'étais fichu, que je ne te résisterais pas, reconnut Bastian à contrecœur.

*
* *

Agacé par le tour que prenaient les événements, Bastian sauta hors du lit, pressé de mettre de la distance entre Emmie et lui. Quel hypocrite il faisait ! Lui reprocher de l'avoir attiré dans son lit ? Alors que c'était lui qui s'était jeté, tel un loup affamé sur cette pauvre jeune femme, lui qui avait échoué à contrôler son désir… Maintenant qu'il avait commis une erreur, il devait en assumer les conséquences. Il avait été incapable de résister à la tentation, c'était indéniable, mais ce qu'il ne parvenait pas à comprendre, c'était comment Emmie pouvait être vierge. Pour une call-girl, cela n'avait pas de sens, si ?

— Peut-être, mais ce n'est pas ma faute ! insista-t-elle en se levant à son tour. Et je n'y suis pour rien !

S'emparant du peignoir posé sur une chaise, Emmie s'en enveloppa et noua la ceinture d'une main rageuse, bien déterminée à dissimuler le plus possible de son corps nu. Une « banale partie de jambes en l'air »… C'était tout ce qu'elle avait représenté pour lui ?

— Je ne m'attendais pas à ce que la call-girl dont j'avais loué les services soit vierge, dit-il d'une voix sombre. Je ne paie jamais les femmes pour coucher avec elles. Mais naturellement je te dédommagerai pour… pour ta générosité.

Il se tourna vers elle et s'interrompit un instant avant d'ajouter :

— Avec des diamants — si cela te convient.

Emmie sentit le sol basculer sous ses pieds et une nausée épouvantable lui monter aux lèvres. Il pensait vraiment qu'elle souhaitait être dédommagée pour ce qui venait de se passer entre eux ! En fait, il la voyait comme une racoleuse, une prostituée, ou à peu près. Et il lui offrait des diamants en guise de rétribution…

— Tu peux garder tes diamants, s'exclama-t-elle enfin d'une voix rauque. Je ne suis pas une prostituée !

— Si je t'ai offensée, je te présente mes excuses, répliqua Bastian d'un ton brusque. Mais reconnais qu'il y a de quoi se poser des questions ! Je te rappelle que j'ai payé pour obtenir tes services. Dans ces conditions, il est normal que, si le sexe en fait partie, tu touches un complément.

Atterrée, Emmie détourna le regard. Elle avait commis une erreur phénoménale en couchant avec cet homme. Pas un seul instant, Bastian n'avait oublié qu'elle était une escort-girl, une femme qu'il avait payée pour l'accompagner en Grèce et passer le week-end avec lui. Alors qu'elle, comme une idiote, dans un moment d'égarement absurde, elle avait oublié tout ce qui les séparait.

— Je t'ai déjà dit que je n'étais pas une call-girl ! laissa-t-elle tomber d'un ton amer. Mais tu as refusé de me croire.

— J'ai appelé l'agence après avoir vu ta photo sur le site, et je t'ai réservée pour le week-end. Comment expliques-tu ce mystère, si tu n'es pas une call-girl ? demanda-t-il avec arrogance.

Emmie se sentit gagnée par une lassitude extrême.

— Ce n'est pas aussi simple, dit-elle en se laissant tomber sur le sofa.

Il n'y avait plus qu'une issue pour se sortir de cette situation inextricable. Avouer la vérité.

Inspirant à fond, elle reprit d'une voix plus ferme :

— C'est ma mère qui dirige cette agence…

— Ta… mère ?

Il disparut dans le dressing, puis en ressortit avec un jean et un T-shirt qu'il enfila rapidement.

— Oui, ma mère.

D'une voix dont elle tentait de maîtriser les tremblements, Emmie entreprit de raconter une partie de son passé. Elle expliqua comment sa sœur aînée les avait élevées, elle et ses deux sœurs, après qu'Odette les avait placées en famille d'accueil.

— Je ne l'avais pas vue depuis l'âge de douze ans, et quand elle m'a appelée un beau jour et m'a proposé de m'installer temporairement chez elle, j'ai sauté sur l'occasion. J'avais besoin d'un hébergement bon marché durant mon stage…

Elle hésita un instant avant d'ajouter :

— Mais en vivant chez elle j'espérais surtout avoir l'opportunité de la connaître enfin.

Une telle tristesse perçait dans la voix de la jeune femme que Bastian tressaillit.

— Savais-tu qu'elle dirigeait cette agence avant de t'installer chez elle ?

— Bien sûr que non ! Mais dès que j'ai pris possession de la chambre d'amis, elle m'a tout raconté et a commencé à me harceler pour que je rejoigne son équipe. Et quand je lui ai dit que j'avais trouvé un job de serveuse, elle a été furieuse…

— Tu travailles comme serveuse ? demanda Bastian avec surprise. Quand ? Le soir ?

Laissant descendre malgré lui son regard sur la bouche d'Emmie, gonflée par ses baisers, il tressaillit de nouveau. Il avait déjà envie de lui refaire l'amour… Exaspéré par les réactions importunes de sa libido, il se mit à arpenter la chambre.

— Oui, cinq soirs par semaine, dit-elle. J'ai besoin de cet argent. Mais je me rends compte maintenant que, dès le départ, ma mère pensait que j'accepterais de travailler dans son agence. C'est sans doute la seule raison pour laquelle elle m'a proposé de m'installer chez elle. Elle a pris la photo dans mon appareil sans me demander ma permission et l'a téléchargée sur son site.

— Mais alors, si tu ne travailles pas dans l'agence, qu'est-ce que tu fais ici, avec moi ? demanda brusquement Bastian.

Il scruta les traits tendus d'Emmie. Elle était sincère, il n'en doutait pas une seconde. Comme il comprenait l'embarras qu'elle éprouvait à confier de tels détails sur sa mère. N'avait-il pas vécu exactement la même chose ?

— Oh ! Odette a recouru aux grands moyens pour me persuader de te servir d'accompagnatrice, avoua-t-elle avec un rire triste et amer. Tu as vu la cicatrice de ma jambe…

— Oui…

Emmie pinça les lèvres.

— A douze ans, j'ai été grièvement blessée dans un accident de voiture. Il a fallu longtemps pour que je retrouve le plein usage de ma jambe. Et sans une coûteuse opération, j'aurais sans doute boité jusqu'à la fin de mes jours. Grâce à cette intervention, j'ai pu remarcher normalement, et cela a transformé ma vie. Quand je suis allée parler à ma mère, en sortant de ton bureau, elle m'a révélé que c'était elle qui avait assumé les frais de cette opération, et que par conséquent j'avais une dette envers elle.

Bastian n'en croyait pas ses oreilles. Comment une mère pouvait-elle se comporter de la sorte ?

— Tu ne dois rien à personne, et surtout pas à une femme prête à se servir de toi, de ton corps, à son profit.

— Je me suis sentie redevable envers elle, répliqua Emmie avec calme. Parce que cette opération a changé ma vie. Et quand ma mère m'a avoué qu'elle avait des problèmes d'argent, et qu'elle avait déjà utilisé une partie de la somme que tu avais versée pour rembourser ses dettes, j'ai accepté de travailler comme call-girl durant un week-end, pour lui rendre service.

— Ainsi, c'était vraiment la première fois que tu faisais ce job…

Tout retrouvait un sens, à présent. Elle disait la vérité depuis le début, et lui, il s'était comporté comme un salaud, profitant de sa faiblesse !

— Mais pourquoi avait-elle publié cette photo de toi sur son site, puisque tu ne fais pas partie de son équipe ?

— Pour attirer les clients. Quand l'un d'eux me demandait, elle répondait que je n'étais pas libre…

— Oui, en effet. C'est ce qu'elle m'a d'abord dit… Mais lorsque je lui ai offert plus d'argent, elle en a profité pour te faire du chantage… Pourquoi ne m'as-tu pas tout raconté dès le départ ? Je ne me serais jamais engagé dans cet imbroglio !

Emmie se leva d'un mouvement brusque.

— A quoi bon tout t'expliquer, puisque je ne pouvais pas te rendre ton argent ?

— Je ne suis pas à ce point sans cœur, répliqua Bastian d'une voix rauque.

Pas sans cœur ? Emmie tressaillit. N'avait-il pas parlé de banale partie de jambes en l'air ? Elle n'oublierait sans doute jamais ses paroles. Et elle regretterait toute sa vie d'avoir couché avec lui, d'avoir choisi cet homme entre tous pour lui offrir sa virginité.

Mais dans l'immédiat, elle ne désirait qu'une chose : être seule. De toute façon, elle avait dit tout ce qu'elle avait à dire.

— C'est ta chambre, n'est-ce pas ? dit-elle en se passant la main dans les cheveux. J'aurais dû m'en rendre compte cet après-midi, quand tu t'es habillé, mais après cette chute dans la piscine, je n'avais pas les idées claires. Dis-moi, si tu envisageais de respecter les règles, comment comptais-tu t'y prendre, puisque je devais partager ta chambre et ton lit ?

Le visage semblable à un masque, Bastian traversa la pièce et ouvrit une porte.

— Tu peux t'installer ici, dit-il brièvement.

Sans perdre un instant, Emmie souleva sa valise ouverte et alla la déposer dans la chambre adjacente. Puis elle revint chercher ses affaires de toilette dans la salle de bains de Bastian, en évitant soigneusement de regarder sa robe et ses sous-vêtements épars sur le tapis, à côté du lit.

— Qu'est-ce que tu envisages de faire demain ? demanda Bastian avec calme.

— Ce pour quoi tu m'as payée, répondit-elle sans se retourner. J'aime beaucoup ta sœur. Et je vais jouer les compagnes parfaites, mais avec plus de distance que ce soir.

Sur ces mots, Emmie referma la porte et tourna la clé dans la serrure avant de prendre une profonde inspiration. Seigneur, cette soirée tournait au cauchemar… Mais à quoi s'était-elle attendue en s'abandonnant entre les bras de Bastian Christou ?

En tout cas, pas à un tel degré d'humiliation.

Un coup sec frappé à la porte la fit sursauter. Le cœur battant à tout rompre, elle se résolut à ouvrir et se trouva face à Bastian, qui lui apportait ses vêtements.

Emmie redressa le menton et les prit, mais quand elle voulut refermer la porte, Bastian posa la main sur le chambranle.

— Une dernière question : prends-tu la pilule, ou utilises-tu un autre moyen de contraception ?

Muette d'horreur, Emmie sentit un frisson glacé la parcourir.

— Dois-je prendre ton silence pour un non ? demanda Bastian. Malheureusement, j'ai perdu la tête, moi aussi. J'ai oublié…

— Comment cela, oublié ?

— Comme j'ai entretenu une relation avec la même

femme pendant plusieurs mois, les précautions n'étaient pas nécessaires. Mais ne t'inquiète pas : j'ai fait effectuer un bilan tout récemment et je peux t'affirmer que je suis sain. Reste le risque d'une grossesse.

Emmie serra ses vêtements sur sa poitrine.

— Mon Dieu… J'espère bien que non…

— S'il y a un problème, tu peux compter sur mon soutien, dit-il en la regardant dans les yeux. Et je ne sais pas si cela peut te réconforter… mais je regrette autant que toi ce qui s'est passé.

Emmie hocha la tête, murmura un vague bonne nuit et referma la porte.

Ce n'est qu'une fois seule qu'elle laissa libre cours à son indignation. Le pauvre chéri, il regrettait ce qui s'était passé ! Quelle insensibilité ! Une banale partie de jambes en l'air… Décidément, elle n'oublierait pas ces paroles — et comme première expérience sexuelle, c'était vraiment réussi !

Emmie se précipita sous la douche et se lava consciencieusement, de façon à effacer les moindres traces de son étreinte avec Bastian. Puis elle s'enveloppa dans une épaisse serviette blanche en essayant de se rassurer : elle s'en remettrait, se répéta-t-elle avec force. Et puis elle avait connu pire.

Bien sûr, la perspective d'une grossesse la terrifiait. Mais à quoi bon s'inquiéter à l'avance ? Avec un peu de chance, elle ne tomberait pas enceinte…

Allongée dans le grand lit confortable, Emmie resta immobile, les yeux grands ouverts dans la pénombre. Et soudain, elle sentit des larmes chaudes rouler sur ses joues.

6.

Du bout des dents, Emmie grignota une tranche de pain grillé sur laquelle elle avait étalé un miel délicieux au parfum fleuri. Le petit déjeuner qui lui avait été servi dans sa chambre était somptueux, mais elle n'avait pas faim, et lorsqu'on frappa à sa porte, elle se raidit.

Nessa parut bientôt sur le seuil. La future mariée était encore en peignoir, mais déjà coiffée : des perles irisées brillaient dans ses cheveux blonds relevés sur le dessus de sa tête en une construction sophistiquée.

— Vous êtes encore au lit, Emmie ! s'exclama-t-elle en haussant les sourcils d'un air surpris. Vous ne vous sentez pas bien ?

— Désolée, je me suis réveillée tard. Vous avez besoin de mon aide ?

— Lilah est arrivée, et elle ne quitte pas Bastian d'une semelle ! répondit Nessa sans dissimuler son inquiétude. Vous devriez être avec lui pour le protéger !

— Je crois que Bastian n'a pas besoin de moi : il peut se protéger tout seul ! répliqua gentiment Emmie.

A vrai dire, à la perspective de se trouver face à l'ex de Bastian après ce qui s'était passé la veille, elle se sentait envahie par une vive appréhension.

— Vous vous en moquez vraiment ? demanda Nessa, visiblement stupéfaite.

Emmie se ressaisit, elle ne devait pas oublier qu'elle avait un rôle à jouer.

— Je descendrai dès que je serai habillée, promit-elle avec empressement. Mais ne vous inquiétez pas, Nessa : je ne crois pas que Bastian ait envie de renouer avec Lilah.

— J'ai vu des hommes plus avertis que mon frère se faire piéger… Notre père, par exemple, riposta Nessa avec un cynisme surprenant. Lilah est un requin, et quand elle a rompu leurs fiançailles, elle ne s'attendait pas à ce que Bastian la laisse partir ! Alors maintenant, elle est prête à tout pour le récupérer, croyez-moi !

Troublée par la conviction émanant de sa voix, Emmie regarda Nessa avec attention.

— Je me trompe, ou je vais avoir du mal à gérer la situation ?

La sœur de Bastian éclata d'un rire bref, puis soupira.

— Ne vous laissez pas intimider par Lilah. C'est avec vous que Bastian est venu à mon mariage, Emmie. Pas avec elle.

Le portable de la jeune femme vibra dans la poche de son peignoir, elle décrocha et répondit qu'elle arrivait tout de suite.

— Excusez-moi, c'est ma maquilleuse ! dit-elle en s'éclipsant avec un petit signe d'encouragement.

Repoussant le plateau, Emmie se leva en soupirant. Il était temps de se remettre à la tâche pour laquelle Bastian l'avait payée… Ou plutôt : pour laquelle il avait payé Odette…

Bastian avait eu une réaction étonnamment virulente, lorsqu'elle lui avait avoué la vérité sur sa mère. Peut-être avait-il raison, peut-être n'aurait-elle pas dû se laisser culpabiliser, ni se laisser entraîner dans cette histoire si contraire à ses principes.

Quant à la perspective de devoir affronter un requin en jupons, cela ne l'enchantait vraiment pas. D'autant qu'après les événements de la nuit elle aurait préféré ne jamais revoir Bastian. Mais hélas, quel choix avait-elle ? Et puis, si elle se retrouvait dans cette situation catastrophique, c'était uniquement par sa propre faute. Jamais elle n'aurait dû succomber au charme de Bastian — de son patron.

Lorsqu'il vit Emmie descendre l'escalier, dans une robe longue dont l'étoffe fluide ondulait sur ses courbes ravissantes, et dont la teinte mettait en valeur ses yeux magnifiques, Bastian imagina aussitôt un collier de saphirs sur sa gorge nue. Mais dès qu'il croisa le regard d'Emmie, la froideur glaciale au fond de ses yeux bleus le tira de sa douce rêverie.

Ainsi elle était toujours furieuse. Il s'était trompé sur elle, d'accord, il l'avait blessée dans son amour-propre et il avait fait preuve d'un manque total de tact — mais allait-elle le lui faire payer jusqu'à la fin du week-end ? Il s'était excusé, bon sang ! Alors que reconnaître ses torts n'était pas son fort.

A cet instant, les parents du jeune garçon qui avait fait tomber Emmie dans la piscine se dirigèrent vers elle. Ils échangèrent quelques mots, et un chaud sourire illumina le visage d'Emmie. Elle s'efforçait de les mettre à l'aise. Bastian ne put s'empêcher de la comparer à son ex. Lilah se serait répandue en récriminations et aurait réussi à culpabiliser tout le monde.

D'un pas décidé, il se dirigea vers Emmie. En passant devant Lilah, il vit son visage se crisper. De toute évidence, elle n'avait pas compté se trouver face à une rivale d'une telle beauté. Etrangement ce constat l'amusait ; plus, il lui faisait plaisir. Décidément, il réagissait de façon bizarre dernièrement. N'avait-il pas passé une bonne partie de la nuit à s'appesantir sur ses erreurs, ce qui n'était vraiment pas son genre non plus ?

Il serra les mâchoires avec irritation. Emmie ne

représentait qu'un divertissement. Très agréable, certes, et très sexy, mais passager.

Dès qu'elle avait aperçu Bastian, superbe dans un costume gris aux reflets bleutés, Emmie avait senti son cœur battre plus vite. Et, lorsque leurs regards s'étaient croisés, elle avait détourné les yeux, troublée par l'éclat brûlant du sien.

Heureusement, les parents du jeune bolide qui l'avait heurtée par accident étaient alors venus se présenter. Mais tout en bavardant aimablement avec eux, elle avait surpris le regard de Lilah dardé sur elle. L'ex de Bastian portait une somptueuse robe de soie noire et blanche, qui donnait à sa silhouette menue un air de lutin. Ses cheveux brillants ruisselaient en boucles noires sur ses épaules et, dans son visage ovale, ses yeux couleur caramel taillés en amande étincelaient.

Elle était ravissante et ressemblait à une poupée, songea Emmie. En comparaison, elle avait l'air d'une girafe, surtout avec ses talons…

— Bonjour, Emmie, murmura Bastian en se penchant vers elle.

Son souffle tiède lui caressa la joue tandis que les effluves de son eau de toilette ravivaient des souvenirs brûlants de la nuit passée. Et quand il posa une main chaude sur ses reins, le contact de ses doigts fit naître une décharge électrique qui se propagea dans tout son corps.

— Je suis soulagé que tu sois là, poursuivit-il. Je viens de vivre des moments éprouvants…

— Chacun son tour, répliqua-t-elle d'un ton pince-sans-rire.

— Dois-je prendre cela pour de l'humour ? demanda-t-il en se tournant vers elle.

Une telle lueur malicieuse éclairait ses yeux qu'Emmie ne put s'empêcher de sourire.

— Nessa a comparé ton ex à un requin…

— C'est un euphémisme ! Cinq minutes à peine après son arrivée, Lilah avait déjà réussi à perturber ma sœur.

— Ne t'inquiète pas pour Nessa, elle se débrouillera très bien. En fait, c'est pour toi qu'elle s'inquiète.

— Je compte sur ton aide, glissa Bastian à voix basse. Tu n'as qu'à te comporter comme si nous étions inséparables.

— Cela va être difficile…

Il lui posa la main sur l'épaule, la forçant à se tourner vers lui.

— La nuit dernière, tu ne semblais pas avoir trop de difficultés à me supporter, *moraki mou*.

Mortifiée, Emmie se sentit devenir écarlate.

— En effet, mais j'avais trop bu, répliqua-t-elle dans un souffle. J'ai dû prendre un crapaud pour un prince charmant.

Cette fois, il la prit carrément dans ses bras.

— Tu mens : tu n'étais pas ivre !

Une pointe d'agressivité perçait dans sa voix.

— Mes paroles ont l'air de te déplaire…, riposta-t-elle sans le regarder. Pourtant, ce n'est pas toi qui t'es retrouvé avec le crapaud !

Quand elle tourna enfin la tête vers Bastian, elle vit un éclair flamboyer dans ses yeux.

— Je propose que nous parlions d'autre chose, dit-il.

— C'est toi qui as commencé.

Il marmonna quelques mots en grec qu'Emmie fut ravie de ne pas comprendre.

— Et je regrette de devoir te le dire, mais je te déteste, ajouta-t-elle d'une voix tremblante de colère.

*
* *

Bastian serra les poings. Visiblement, ses excuses n'avaient pas suffi. A vrai dire, il était vexé. Il s'était donné du mal pour lui présenter des excuses, le moins qu'elle puisse faire était de lui pardonner.

Quelques instants plus tard, une flotte de limousines vint chercher les fiancés et leurs familles, ainsi que les invités hébergés à la villa. Et quand il vit sa petite sœur apparaître en haut de l'escalier, radieuse dans sa robe éblouissante de mousseline blanche, Bastian oublia tout son ressentiment.

Installée avec Bastian dans l'une des limousines qui les conduisait vers le village, Emmie resta silencieuse tout le trajet. D'un côté de la route elle distinguait, en contrebas, une plage de sable blanc, tandis que de l'autre, des oliveraies et des collines s'étendaient à perte de vue.

En fait, elle s'en voulait d'avoir perdu le contrôle de ses émotions alors qu'elle avait décidé de se montrer aimable. Malheureusement, face à Bastian, elle devenait une inconnue imprévisible aux réactions incontrôlables.

Tant pis, après tout, elle avait dit la vérité : elle détestait Bastian. D'une part, parce qu'il l'avait crue capable de vendre son corps pour de l'argent. Mais surtout elle se haïssait pour avoir succombé à son charme. Bien sûr, elle se rendait bien compte que Bastian Christou n'avait pas l'habitude d'être traité ainsi. Cet homme puissant et immensément riche devait être plus habitué aux égards et flatteries en tous genres qu'à se voir traité de crapaud… Et à en juger par l'expression tendue de son beau visage, il n'avait vraiment pas apprécié.

— Où Nessa et Leonides se sont-ils rencontrés ? demanda-t-elle pour faire la conversation.

— Ils se connaissent depuis toujours. Ils sont nés tous

les deux sur l'île et sont allés à l'école ensemble, puis à l'université — ils ne se sont quasiment jamais quittés.

— Comme c'est romantique ! Ils doivent se connaître à merveille…

— Peut-être, mais ils sont très jeunes, répliqua Bastian d'un ton réprobateur. Ils auraient dû attendre un peu pour se marier. Nessa parle déjà d'avoir des enfants…

— Certaines personnes savent ce qu'elles désirent très tôt, voilà tout. Quel âge a-t-elle ?

— Le même âge que toi. Tu entretiens le même genre de rêves ?

— Grands dieux, non ! s'exclama Emmie. Que ferais-je d'un mari et d'enfants ? Pour l'instant, je songe uniquement à ma carrière.

Tandis qu'ils discutaient, la voiture s'était garée devant une belle petite église située près du port. Celle-ci était déjà emplie de monde. Emmie laissa Bastian la conduire jusqu'au premier rang de bancs de bois, où il la laissa pour aller rejoindre Leonides aux pieds de l'autel.

De sa place au premier rang, Emmie observa avec intérêt la cérémonie. Nessa affichait un sourire lumineux, et son jeune époux semblait aux anges. Comme ils avaient l'air heureux ensemble ! Son regard tomba sur Lilah, assise un peu plus loin, qui lui jeta un regard empreint d'une telle méchanceté qu'elle sentit un frisson glacé la parcourir.

Elle était ravissante, mais tout était faux et excessif chez cette femme. Bastian avait beau être un génie des affaires, en matière de femmes, il manquait totalement de jugement : comment avait-il pu envisager d'épouser une créature aussi superficielle et capricieuse ?

Après une séance de photos devant l'église — pendant laquelle Lilah en profita pour se pendre au bras de Bastian en gloussant —, tout le monde regagna la villa où avait été organisée une grande réception. Des serveurs circulaient parmi les invités en offrant du champagne, mais

Emmie s'en tint à l'eau. Elle aurait besoin de toute sa présence d'esprit pour ne pas céder, une nouvelle fois, au charme de Bastian… Et lorsqu'il baissa les yeux sur son verre en haussant un sourcil moqueur, elle réprima à grand-peine son agacement.

Installé à la table d'honneur, Bastian contemplait le profil fermé d'Emmie, assise près de lui. De toute évidence, elle boudait toujours, et il était temps de mettre fin à cette situation désagréable pour tout le monde, à commencer par lui. Il se pencha vers elle et entreprit de l'éventer délicatement avec sa serviette.

— Pardonner est une grâce divine, murmura-t-il d'un ton badin à l'oreille de la jeune femme.

— Je n'ai jamais prétendu être une déesse, riposta aussitôt Emmie du bout des lèvres.

— En tout cas, tu es une femme hypersensible, répliqua-t-il d'une voix rauque.

Et, quoi qu'elle en dise, elle était une véritable déesse. Mais ce n'était sans doute pas le moment de le lui dire…

— Tout est relatif, repartit-elle, sans dissimuler son ironie. Evidemment, quand on a soi-même la sensibilité d'un morceau de bois…

Un morceau de bois ? A cet instant précis, il était loin de rester de bois en sa présence… Mais doutant que cette confidence fasse plaisir à la jeune femme, Bastian préféra garder sa réplique pour lui et se tourna vers sa sœur qui se dirigeait vers la piste de danse avec son jeune époux.

Tout allait bien : Nessa était heureuse, et rien ni personne ne lui avait gâché son grand jour. N'était-ce pas ce qui comptait le plus ? Alors, pourquoi se souciait-il de faire la paix avec la femme la plus difficile qu'il ait jamais rencontrée ?

La plus difficile, mais aussi la plus excitante… et c'était

bien le problème. A cet instant, Nessa surprit son regard et lui indiqua, d'un signe de tête, Lilah, assise quelques places plus loin. En tant que témoin du marié, son rôle était de faire danser la demoiselle d'honneur. Aussitôt, il se leva et alla s'incliner devant son ex-fiancée.

Consternée, Emmie vit Bastian passer un bras autour de la taille de son ex avant de la conduire vers la piste de danse. Un éclat triomphant émanait de la petite silhouette noire et blanche tandis qu'elle souriait à son partenaire en battant des cils.

Emmie les observa avec un mélange d'émotions qu'elle préféra ne pas analyser. Finalement, Bastian Christou allait peut-être se remettre avec son ex… Ils avaient été fiancés durant une longue période, des liens solides avaient dû se créer entre eux. Des liens qui ne pouvaient pas être brisés aussi facilement. Et puis, c'était Lilah qui avait rompu, pas Bastian. Peut-être espérait-il la récupérer ?

Et en dépit de ses défauts, la jeune femme était vraiment ravissante. A cet instant, Lilah colla son corps à celui de Bastian. Instinctivement, Emmie serra les poings. Bon sang, il ne la repoussait pas, au contraire ! Elle dut faire un effort surhumain pour ne pas détourner les yeux.

Typiquement masculin comme attitude ! Après l'avoir suppliée de ne pas le quitter d'une semelle afin de tenir Lilah à distance, Bastian encourageait son ex ! Sentant les larmes lui picoter les paupières, Emmie quitta sa chaise et se dirigea vers les toilettes.

Non, elle n'était pas jalouse, se dit-elle en sortant son poudrier de son sac. Elle n'avait jamais été jalouse de sa vie. Le problème, c'était plutôt qu'elle se sentait ridicule, honteuse, et humiliée d'avoir passé la nuit avec Bastian.

Décidée à reprendre le contrôle de ses émotions, Emmie inspira profondément et acheva de se repoudrer, puis quitta les toilettes. Alors qu'elle s'avançait dans le couloir, elle croisa Lilah qui, au lieu de poursuivre son chemin, s'arrêta et se planta devant elle.

— Ainsi, c'est vous, Emmie..., fit-elle avec un petit rire hautain.

Il y avait quelque chose de si sournois, de si méprisant dans ses yeux qu'Emmie frémit.

— Et vous êtes Lilah, répliqua-t-elle d'un ton neutre.

— Bastian vous a rencontrée au bureau, je crois : c'est charmant, mais tellement... paresseux, comme attitude. Les hommes se conduisent parfois en épouvantables salauds.

Saisie d'un profond dégoût, Emmie contempla la jeune femme sans rien dire.

— Il se sert de vous pour m'atteindre, insista Lilah d'un ton mordant. Vous n'avez donc aucune fierté ?

— Et vous ? riposta Emmie en reprenant contenance. De toute façon, cette conversation ne m'intéresse pas. Si vous voulez bien m'excuser...

La tête haute, elle passa devant la jeune femme et reprit son chemin. Pourvu que Lilah n'ait pas eu le temps de voir son visage se décomposer, car elle devait être livide, elle en était sûre... Heureusement qu'elle n'avait pas cherché à la retenir !

Si l'ex de Bastian l'avait vraiment aimé, aurait-elle pris le risque de le perdre en rompant leurs fiançailles ? Non, certainement pas !

D'une démarche aussi assurée que possible Emmie traversa la vaste pièce bourdonnante de conversations animées et de rires. Soudain, elle se heurta à Bastian. Dressé face à elle, parfaitement immobile, il la regardait en silence.

Seigneur, elle le détestait, mais elle adorait ses yeux. Comme chaque fois qu'il la dévisageait, elle sentit le souffle lui manquer, et des étincelles brûlantes pétillèrent dans son ventre. Comme s'il avait deviné son trouble,

Bastian lui prit la main et l'attira contre lui, avec une aisance déconcertante. Les effluves épicés de son eau de toilette lui montaient à la tête, et elle ferma un instant les paupières pour refouler les sensations enivrantes qui se répandaient dans tout son être.

Comment pouvait-il exercer un tel pouvoir sur elle ? Cet homme avait le don de la faire fondre, en l'espace de quelques secondes… Pourtant, elle le détestait !

— Il faut que nous parlions, *glyka mou*, murmura Bastian.

La jeune femme frémit dans ses bras et Bastian se sentit happé par son regard posé sur lui. Oh ! ce n'était pas parler qu'il brûlait de faire. Son sexe réagissait sans équivoque au corps mince et chaud d'Emmie qui palpitait contre le sien. Le désir fusa en lui avec une telle force que Bastian dut faire un effort surhumain pour ne pas la soulever dans ses bras et la ramener dans son lit. Ce n'était que lorsqu'il se serait perdu en elle, qu'il pourrait redevenir lui-même, il le sentait.

Redevenir lui-même ? Et quoi encore ? Décidément, il se livrait à des considérations de plus en plus étranges… Et il fallait que cette obsession cesse.

Il repoussa doucement Emmie, et lui prit la main pour l'entraîner vers le jardin d'hiver.

— Qu'est-ce que tu fais ? demanda-t-elle d'une voix rauque. Je suis censée jouer la comédie en public seulement. Alors je ne souhaite pas me retrouver seule avec toi !

Manifestement sourd à ses paroles, Bastian s'arrêta près de la large paroi vitrée par laquelle la lumière entrait à flots, puis se retourna vers elle.

— Cesse de lutter contre moi, Emmie. C'est puéril. Je me suis excusé, bon sang et…

— Mon Dieu, tu t'es excusé ! lança-t-elle en redressant le menton d'un air de défi. Je suis très impressionnée…

— Tu as vraiment le don de me pousser à bout, répliqua Bastian d'une voix gutturale.

Des lueurs jouaient dans les yeux de son patron : de la colère mêlée à une autre émotion qu'Emmie ne parvint pas à identifier.

— Recommençons à zéro, d'accord ? poursuivit-il. Nous…

— Non !.

Elle avait besoin de toute sa colère contre lui, intacte, pour lutter contre la tentation. Elle ne devait à aucun prix oublier qu'il l'avait humiliée, et qu'il était hors de question qu'elle lui laisse la possibilité de recommencer.

— Je veux que tu redeviennes celle que tu as été cette nuit, avoua Bastian.

— Tu veux dire une femme pompette qui ne sait plus ce qu'elle fait ?

En guise de réponse, Bastian pencha son visage vers le sien et prit sa bouche avec passion. Malgré elle, Emmie senti ses dernières défenses céder. Bastian l'embrassait avec un tel art, une telle fougue, qu'une chaleur désormais familière se répandit bientôt entre ses cuisses, tandis qu'elle s'abandonnait sans résister aux caresses expertes de ses lèvres et de sa langue.

La volupté déferlait en elle en vagues puissantes contre lesquelles elle se sentait impuissante. Et lorsque Bastian referma la main sur son sein à travers l'étoffe de sa robe, tout en continuant à l'embrasser, elle ne put retenir un gémissement.

Comme s'il n'attendait que ce signal, il laissa descendre ses mains sur son corps, et fit remonter sa robe sur ses jambes. Mais lorsqu'elle sentit ses doigts effleurer ses cuisses, elle trouva la force de le repousser.

— Non, Bastian ! dit-elle dans un souffle.

— Le rejet excite peut-être certains hommes, mais pas moi ! s'exclama-t-il d'une voix vibrante de colère.

Seigneur, que faire ? Son désir pour cet homme était si fort, qu'il en devenait presque douloureux. Mais elle ne pouvait s'abandonner au brasier qui la consumait, c'était impossible.

— Lundi, je serai de retour au bureau pour deux semaines, dit-elle. Et, comme tu l'as proposé, nous ferons comme si rien ne s'était passé, d'accord ?

— Si c'est ce que tu souhaites…, répliqua-t-il, les mâchoires crispées.

Emmie se contenta de hocher la tête. C'était la seule solution. De toute façon, en dehors du sexe, ils n'avaient rien à partager. Bastian était son patron, un homme d'affaires de génie et un milliardaire. Il évoluait dans un univers si différent du sien… Et l'ardeur qu'il témoignait à son égard était due uniquement à sa frustration. Elle passerait bien vite et elle-même refusait de s'abaisser à devenir sa maîtresse.

Aux yeux de Bastian, elle n'était qu'une petite employée docile aux mœurs légères. Bien sûr, il avait eu l'air surpris par sa virginité, mais peut-être était-ce justement ce qui l'excitait maintenant : son manque d'expérience sexuelle.

Dès que Bastian desserra son étreinte, elle en profita pour se libérer et s'engouffra dans la salle de réception. Un chaos épouvantable régnait en elle, mais elle était résolue à n'en rien montrer, aussi se joignit-elle aux invités qui se rassemblaient au bas de l'escalier monumental.

En haut des marches se tenait Nessa, prête à jeter son bouquet de mariée. Quelques instants plus tard, celui-ci atterrit dans les bras d'Emmie qui le contempla d'un œil absent.

Nessa poussa un cri de joie et, lorsqu'Emmie sortit de sa stupeur et leva les yeux vers elle, la sœur de Bastian lui adressa un sourire ravi.

— Ne vous réjouissez pas trop vite, railla alors Lilah en lui décochant un regard assassin.

Profondément troublée, Emmie, se tourna vers la grande horloge ancienne ornant le mur opposé : dans combien de temps pourrait-elle enfin se retirer dans sa chambre ? Dès que les jeunes mariés seraient partis, elle aurait achevé sa prestation et elle regagnerait enfin sa chambre.

Lorsque, aussitôt après le départ de Nessa et Leonides, Bastian vit Emmie gravir l'escalier sans même lui avoir adressé un mot ou un regard, il alla se verser un whisky et l'avala d'un trait. Emmie se comportait comme une gamine, et Lilah le harcelait de façon éhontée ! Bon sang, il en avait plus qu'assez de toutes les femmes. Il traversa la pièce pour aller rejoindre son grand-père.

Emmie fut réveillée par Maria, la jeune bonne, qui lui apportait son petit déjeuner. Une langueur agréable se répandit dans son corps : épuisée par le stress de la journée précédente, elle avait dormi d'une traite et se sentait parfaitement reposée.

Après lui avoir demandé si elle désirait déjeuner au lit ou sur le balcon, Maria tira les rideaux et ouvrit la porte-fenêtre. Lorsque le soleil inonda la pièce, Emmie se sentit tout à fait revigorée et décida de prendre son petit déjeuner à l'extérieur. Après une douche rapide, elle s'installa sur le balcon.

La vue donnant sur la plage déserte était vraiment fantastique. Les eaux turquoise miroitaient doucement sous les rayons du soleil grec.

Alors qu'elle soulevait sa tasse, un bip lui indiqua l'arrivée d'un SMS. Le message provenait de Bastian :

Sois prête à partir à 9 heures. Je ne voyagerai pas avec toi. Merci de ton aide.

Rien de personnel, bien sûr. Emmie sentit une douleur aiguë lui traverser la poitrine, mais elle la refoula aussitôt.

Le week-end était terminé, son contrat avait pris fin. Et vu la façon dont elle l'avait repoussé la veille au soir, Bastian ne voyait pas l'utilité de la revoir, ni de lui adresser quelques mots aimables.

Rien de plus normal. Alors pourquoi sentait-elle ses yeux s'emplir de larmes ?

La brève liaison entre le somptueux milliardaire et la banale stagiaire était terminée, voilà tout. Ils se croiseraient peut-être au bureau, mais ils n'avaient plus rien à faire ensemble. Sauf si elle était enceinte, murmura une petite voix insidieuse en elle.

A cette pensée, un frisson la parcourut. Cette éventualité ne pouvant pas être exclue. Si cela devait arriver, elle aurait mieux fait de se montrer moins agressive vis-à-vis de Bastian… Incapable, à présent, d'avaler la moindre bouchée de son petit déjeuner, Emmie quitta le balcon. Puis, sans savoir vraiment ce qu'elle allait lui dire, ni s'il était là, elle se dirigea vers la porte séparant sa chambre de celle de Bastian et frappa. La porte s'ouvrit presque aussitôt.

— Oh…, murmura Emmie en reculant d'un pas.

Un sourire dédaigneux aux lèvres, Lilah s'appuya d'une main nonchalante au chambranle.

— Vous êtes renvoyée à Londres, dit-elle d'un ton ironique.

Le sous-entendu était clair : la présence de Lilah dans la chambre de Bastian et son propre départ étaient liés… Emmie sentit son cœur se serrer. Bastian s'était remis avec son ex et il avait hâte de se débarrasser d'elle, sa petite amie factice.

Mais elle ne ferait pas à Lilah le plaisir de lui montrer

à quel point cela la blessait. Même si Bastian n'avait pas perdu son temps, et n'avait, au fond, sans doute jamais cessé de désirer son ex, elle garderait la tête haute.

— Oui, je rentre, approuva-t-elle d'un ton détaché.

Puis elle tourna les talons. La porte se referma derrière elle avec un bruit sourd, et Emmie tressaillit douloureusement.

Malgré elle, elle se sentait totalement anéantie.

Cette fois, sa brève escapade grecque était bel et bien terminée.

Les yeux secs, les muscles du visage crispés à en avoir mal, elle se dirigea vers sa valise.

A présent, il n'y avait plus qu'une chose à souhaiter : ne pas être enceinte. Parce que vu les circonstances, une grossesse représenterait une véritable catastrophe.

7.

Bastian reposa le téléphone sur son bureau après avoir appelé Odette Taylor, la mère d'Emmie. Ce coup de fil n'avait servi à rien. Emmie était partie sans laisser d'adresse et, de toute évidence, sa mère se moquait éperdument de son sort. Comprenant vite qu'il s'adressait à un mur, Bastian avait raccroché.

Quand il était revenu à Londres, il avait appris avec surprise qu'Emmie avait déjà quitté l'entreprise, or il fallait qu'il la voie, pour s'assurer qu'elle allait bien. Il le lui devait bien.

Pour retrouver la trace d'Emmie, il ne lui restait qu'une solution : Marie. Elle semblait être la seule personne avec laquelle Emmie s'était liée pendant son stage. Bastian appela la jeune femme dans son bureau et lui demanda sans détour comment contacter Emmie.

Emmie profita de sa pause pour ouvrir l'emballage du test de grossesse qu'elle avait acheté le matin même. Cela faisait maintenant trois semaines qu'elle était revenue de Grèce, et ses règles ne s'étaient toujours pas manifestées. Le cœur battant à tout rompre, elle lut rapidement la notice d'utilisation.

Sans vrai domicile, travaillant à temps partiel, elle ne voyait vraiment pas comment elle pourrait élever un enfant… Une grossesse était même inenvisageable ! Si elle ressentait une légère douleur au niveau des seins et si elle se sentait perpétuellement barbouillée, c'était qu'elle avait dû attraper un virus, voilà tout.

Quelques instants plus tard, de retour dans la petite pièce réservée au personnel, où heureusement il n'y avait plus personne, Emmie se rassit en retenant un sanglot. Le résultat du test ne laissait aucun doute : elle était enceinte.

Envahie par une terreur abominable, elle eut envie de crier comme une enfant. Elle allait avoir un bébé, et elle avait déjà des nausées épouvantables alors qu'elle n'en était qu'au tout début de sa grossesse !

Pourtant, quelque chose en elle l'empêchait d'envisager l'avortement. Cet enfant avait droit à l'amour et à la reconnaissance dont elle-même et ses sœurs avaient été privées.

Se forçant à respirer à un rythme normal, Emmie redressa les épaules. Elle allait trouver une solution. De toute façon, elle n'avait pas le choix.

— Au travail ! lança le patron du bar en apparaissant sur le seuil. Il y a du monde !

Emmie se leva aussitôt, lissa son tablier sur ses cuisses, et retourna dans la salle principale. Elle allait devoir retourner chez Kat, songea-t-elle avec une pointe de culpabilité. Kat avait déjà tant fait pour elle… Mais elle ne pouvait pas rester sur le sofa d'une de ses amies indéfiniment, surtout si une grossesse se profilait…

Et puis, Kat dirigeant une maison d'hôtes dans la Région des lacs, elle serait probablement contente d'avoir de l'aide, non ?

Bien sûr, elle aurait pu aussi demander de l'aide à Saffy, qui était propriétaire d'un appartement à Londres. Mais demander quoi que ce soit à sa jumelle aurait été un aveu d'échec trop humiliant. D'autant que Saffy n'aurait jamais commis l'erreur stupide de se retrouver enceinte de façon accidentelle. Elle était bien trop intelligente et habituée au monde pour tomber dans un tel piège.

Depuis sa table située au fond du café, Bastian repéra immédiatement Emmie, affublée d'un curieux tablier rose bonbon. Mais ce qui était plus étrange encore, c'était la pâleur de son teint. Une pâleur inquiétante, se dit-il en scrutant son beau visage aux traits tendus. A cet instant, elle se tourna à demi et s'avança dans sa direction.

Lorsqu'elle l'aperçut, un éclair flamba dans ses yeux bleus, ses lèvres sensuelles s'entrouvrirent tandis qu'elle se figeait, son plateau vide à la main, un torchon blanc sous le bras.

Aussitôt le désir le traversa avec une telle violence qu'il serra les poings. Puis il se força à se détendre et sourit à Emmie avant de lui faire signe d'approcher.

Emergeant de sa torpeur, Emmie lutta contre les réactions contradictoires qui la submergeaient et se dirigea vers la table de Bastian.

— Qu'est-ce que tu fais ici ? demanda-t-elle d'une voix mal assurée.

— A quelle heure termines-tu ?

Emmie soutint le regard sombre de son ancien patron où luisait un éclat déterminé. Aussitôt, une coulée de lave chaude se répandit en elle, annihilant toute raison. De toute façon, il aurait bien fallu affronter Bastian un jour ou l'autre, alors pourquoi pas maintenant ? Il avait le droit de savoir qu'elle était enceinte. Le fait qu'il ait choisi de retourner à Lilah n'entrait pas en ligne de compte. Ce qu'elle avait à lui dire était personnel.

— A 22 heures.

— Je t'attendrai.

Puis, sans ajouter un mot, il se leva et sortit du bar. Typique ! C'était bien Bastian : déterminé, impétueux, impatient, borné, pragmatique… Pour un peu, il lui aurait demandé de le suivre sur-le-champ, en plein milieu de son travail !

Quand elle franchit la porte du bar à l'heure de la fermeture, une limousine était garée le long du trottoir.

— Mademoiselle Marshall ? demanda le chauffeur par la vitre ouverte.

Elle acquiesça, et l'homme sortit du véhicule pour lui ouvrir la portière arrière. Etonnée de ne pas voir Bastian, Emmie tenta de ne pas s'en formaliser et s'installa sur la banquette. Après un silence qui lui parut interminable, elle demanda au chauffeur où il la conduisait.

— A l'appartement de M. Christou, mademoiselle.

Epuisée, Emmie appuya sa nuque sur le repose-tête et ferma les yeux. Après tout, autant lui annoncer la nouvelle dans un endroit tranquille, sans témoins. Comment réagirait Bastian ? Avec colère, ressentiment, amertume ? Lui offrirait-il de l'argent pour qu'elle se fasse avorter, ou proposerait-il plutôt de faire adopter le bébé dès sa naissance ?

La limousine s'arrêta bientôt au bas d'un luxueux immeuble et, après lui avoir ouvert la portière, le chauffeur escorta Emmie jusqu'à la porte, et lui indiqua l'ascenseur en lui disant de monter jusqu'au dernier étage.

Quand Emmie sortit de l'ascenseur, elle vit un homme en costume sombre se dresser devant elle. Après l'avoir saluée avec respect, il la conduisit vers une double porte, l'ouvrit et s'effaça pour la laisser entrer.

— Monsieur Christou vous attend.

Puis il referma les deux battants derrière elle. Emmie traversa le vaste hall en resserrant la ceinture de son trench sur sa taille, puis enfonça les mains dans ses poches et redressa les épaules. Ainsi vêtue, elle se sentait prête à livrer bataille.

En face d'elle, une porte laquée blanc était ouverte. Après l'avoir franchie, Emmie se retrouva dans un espace immense dont les baies vitrées donnaient sur un saisissant paysage nocturne.

Comme dans son bureau, une sobriété élégante régnait dans le penthouse de Bastian, constata-t-elle en laissant son regard errer sur le mobilier contemporain et les teintes claires qui prédominaient dans l'ensemble de la décoration.

Quant au maître des lieux, il s'avançait vers elle de sa démarche féline.

— Donne-moi ton trench. Installe-toi confortablement.

Dans cet environnement qui lui ressemblait, Bastian était si beau qu'elle sentit une souffrance inconnue lui étreindre le cœur.

Fébrile, elle déboutonna son trench, l'ôta, mais le laissa tomber dans un fauteuil au lieu de le tendre à Bastian. La simple éventualité d'effleurer ses doigts la terrifiait.

Puis elle s'assit sur le sofa de cuir couleur ivoire et croisa les mains sur ses genoux pour les empêcher de trembler.

— Je n'ai pas une bonne nouvelle à t'apprendre, dit-elle enfin.

Bastian promena son regard sur son visage, le laissa errer sur sa bouche pulpeuse, puis glisser sur sa gorge et son buste. Il y avait quelque chose de spécial chez Emmie, qui n'appartenait qu'à elle et qui le troublait malgré lui. Il aurait été incapable d'analyser ce trouble, mais il le ressentait chaque fois qu'il posait les yeux sur elle. Quant à ce qu'elle voulait lui annoncer, il le savait déjà : il l'avait deviné dès l'instant où il avait vu son visage las et ses yeux cernés. Lors de leur dernière rencontre, sur l'île, elle avait bien meilleure mine.

— Tout dépend de la façon dont on considère les choses, répondit-il.

— Je suis enceinte, dit-elle d'un ton brutal. Et peu

importe la façon dont on regarde la situation, c'est un problème. Je n'ai jamais souhaité avoir d'enfant maintenant, alors que je démarre à peine ma carrière, mais je refuse d'envisager l'avortement. Si cet enfant arrive au mauvais moment, ce n'est pas sa faute…

— Je pourrais m'occuper de lui, ou d'elle, l'interrompit-il.

Totalement décontenancée, Emmie redressa la tête et regarda Bastian dans les yeux.

— Tu plaisantes ?

— Pas du tout. Je me préparais à me marier et à fonder une famille. Alors pourquoi cela me dérangerait-il ?

— Si tu t'étais marié, tu aurais eu une femme…

— N'aie pas d'idées préconçues à mon sujet, s'il te plaît. Je me vois très bien en père célibataire. Et, côté paternité, je suis bien placé pour savoir ce qu'il ne faut pas faire.

Un éclat sauvage traversa son regard.

— Mon père a été un très mauvais exemple, ajouta-t-il.

— Le mien aussi…

— Ce que je voulais dire, c'est que si tu ne veux pas de cet enfant, je suis tout à fait disposé à l'élever.

— Je n'ai pas dit que je n'en voulais pas ! protesta Emmie.

Déroutée par l'attitude de Bastian, elle se découvrait un instinct protecteur farouche envers la vie qui germait en elle. En même temps, elle respectait Bastian de se montrer prêt à assumer ses responsabilités.

— En fait, c'est plutôt que… que je ne sais pas quoi faire…, reprit-elle.

— Tu n'as pas besoin de prendre de décisions importantes dans l'immédiat, fit remarquer Bastian d'une voix rassurante.

— En tout cas, je veux cet enfant !

A cet instant, une violente vague de nausée l'assaillit, qui la força à demander avec embarras où se trouvaient les toilettes.

Dieu merci, elle y parvint à temps et vomit, pour la seconde fois de la soirée. Elle se passa ensuite de l'eau fraîche sur le visage et sursauta en croisant dans le miroir son regard épuisé, souligné de cernes foncés qui ressortaient sur son teint blême.

Quelle mine épouvantable…

— Dois-je appeler le médecin ? demanda Bastian quand elle sortit de la salle de bains.

Visiblement inquiet, il l'attendait à quelques pas de la porte.

— Ou préfères-tu que je t'emmène à l'hôpital ?

— Non, je suppose qu'il s'agit des fameuses nausées matinales — sauf qu'elles me tombent dessus à n'importe quelle heure du jour et de la nuit !

— Tu crois que c'est normal, à un stade aussi précoce de ta grossesse ?

— Je n'en sais rien. Je ne pense vraiment pas qu'il faille s'inquiéter, c'est juste épuisant.

— Où habites-tu, en ce moment ?

— Comment sais-tu que je suis partie de chez ma mère ?

— Je voulais te parler, alors je l'ai appelée.

— Elle a continué à me harceler pour que je travaille dans son agence. Je n'avais pas le choix : j'ai dû m'en aller.

— Je m'en doutais. Où vis-tu ? insista-t-il.

Honteuse, Emmie dut se résoudre à avouer qu'elle dormait chez une amie, sur le canapé du salon.

— Je n'ai pas d'autre solution pour l'instant. Mon salaire ne me permet pas de louer un studio.

Comment pourrait-il comprendre ? Il y avait un tel fossé entre leurs styles de vie et leurs situations matérielles…

— Je peux t'aider, dit Bastian. Je possède plusieurs appartements où séjournent mes employés travaillant à l'étranger, lorsqu'ils viennent à Londres. Tu peux t'installer dans l'un d'entre eux.

— Non, je ne…

— Ne refuse pas bêtement, la coupa-t-il d'une voix ferme. C'est vraiment le moins que je puisse faire !

Mortifiée, Emmie ravala sa fierté. De toute façon, elle ne pourrait pas abuser longtemps de l'hospitalité de son amie, dont l'appartement était minuscule. Et la perspective de se retrouver sans-abri la terrifiait. Avoir un toit, un espace privé, et se sentir en sécurité s'avérerait extrêmement précieux, surtout dans son état.

— D'accord, dit-elle enfin. Mais je n'accepte que parce que je n'ai pas d'autre solution. Enfin, pour l'instant.

Bastian sortit aussitôt son portable de sa poche et s'adressa à son interlocuteur en grec. Puis, après avoir mis fin à la conversation, il se tourna vers Emmie.

— Tu pourras t'installer dans deux heures, et tu trouveras le réfrigérateur rempli, ainsi que tout ce dont tu pourrais avoir besoin. Donne-moi ton adresse actuelle : je vais faire transporter tes affaires à l'appartement.

Emmie détourna le regard. A l'entendre, tout paraissait si simple ! Mais pour elle — et même si elle admirait l'efficacité de Bastian — la facilité avec laquelle il avait résolu la situation ne faisait qu'agrandir le gouffre qui les séparait. Bastian était le pouvoir incarné, tandis qu'elle se retrouvait démunie sur tous les plans.

Mais cela ne signifiait pas pour autant qu'elle soit faible ou docile. Non, elle acceptait son aide uniquement parce qu'elle en avait besoin et que, vu les circonstances, c'était la conduite la plus raisonnable à adopter.

Deux heures plus tard, Bastian lui fit visiter l'appartement. Celui-ci était non seulement confortable mais décoré dans un style raffiné et il contenait tout l'équipement dont elle aurait pu rêver. Dans le vaste salon trônait un impressionnant choix de CD et de DVD. Quant à la douche sophistiquée et au réfrigérateur, en effet rempli de toutes sortes de choses appétissantes, ils dépassaient toutes ses espérances.

— Je serai très bien ici, dit-elle. Mais il faut que tu me promettes de me prévenir si tu as besoin de récupérer cet appartement pour l'un de tes employés.

Il la dévisagea un long moment en silence, et, sous la chaude lumière cuivrée de son regard Emmie sentit, comme chaque fois, son cœur chavirer.

— Dans l'immédiat, tes besoins passent avant tout. C'est mon bébé que tu portes, Emmie : tu représentes ma priorité absolue.

Déconcertée par la façon dont il avait appuyé sur le mon, elle le regarda un instant en silence avant de demander :

— Tu te sens vraiment concerné par ce bébé ? Tu aimes les enfants ?

— Je ne me suis jamais vraiment posé la question, reconnut-il d'un air songeur. Mais je ne peux pas dire que je ne les aime pas. Et puis, l'enfant que tu portes sera mon héritier — ou mon héritière.

— Même si nous ne sommes pas mariés ?

— Ce sera toujours mon enfant, et mon sang coulera dans ses veines.

Il y avait quelque chose de si primaire, de si possessif dans ses paroles qu'Emmie frissonna. Non seulement Bastian avait accepté sans difficulté l'idée de devenir père mais il était parvenu à rendre cette perspective moins effrayante, même pour elle.

— Je vais être honnête, poursuivit-il. Je n'ai jamais été pressé de me marier. Après avoir été témoin des divorces catastrophiques de mon père, je ne peux pas dire que je sois un adepte du mariage. Mais je dois perpétuer la lignée.

— Je comprends. Au fond, tu préfères avoir un enfant sans te retrouver lié par un contrat de mariage c'est cela ? demanda Emmie avec une curiosité sincère.

— Seul le temps répondra à cette question. Demain matin, après m'être renseigné, je te prendrai un rendez-vous chez un gynécologue obstétricien. Je veux que tu sois suivie par quelqu'un de bien.

— Tu es parfois… Tu aimes bien tout contrôler, n'est-ce pas ?

Emmie avait choisi ses mots avec soin, de crainte de paraître ingrate. Car Bastian se montrait vraiment serviable et attentionné.

Un sourire malicieux se dessina sur sa bouche sensuelle, et si sexy.

— C'est en effet un trait de caractère dont j'ai sans doute hérité à ma naissance, *glyka mou*. Et puis, cela fait peut-être partie de mon héritage grec, ajouta-t-il avec humour.

— En tout cas, il faut bien le supporter…, répliqua Emmie sur le même ton.

Le sourire de Bastian la fascinait.

— Ne t'inquiète pas, je n'ai pas l'intention de chercher à te dominer, dit-il d'une voix rauque. Je fais seulement de mon mieux pour t'aider.

Emmie ferma brièvement les yeux. La voix profonde et sensuelle de Bastian se propageait en elle, répandant des ondes délicieuses dans tout son corps. Elle sentit ses seins plus sensibles contre l'étoffe de son soutien-gorge, leurs pointes se dressaient comme pour réclamer l'attention de Bastian. De ses mains, de ses lèvres…

Mais cette fois, Emmie était résolue à résister au désir fou que cet homme lui inspirait. Les joues en feu, elle recula d'un pas et se força à arracher son regard au sien.

Une attirance inouïe vibrait entre eux, mais elle ne pouvait oublier que Bastian avait renoué avec Lilah et qu'il avait passé la nuit avec elle, après le mariage de sa sœur. Certes, elle n'avait rien lu dans la presse concernant sa réconciliation avec son ex, mais ce n'était pas une raison suffisante pour s'impliquer davantage avec un homme lié à une autre femme.

Et puis, maintenant qu'elle était enceinte de lui, mieux valait ne pas compliquer encore la situation en s'attachant à Bastian Christou.

— Emmie…, murmura-t-il en tendant le bras vers elle.

Avec une douceur exquise, il lui effleura le dos de la main, faisant naître en elle un long tressaillement.

— Ne compliquons pas les choses, supplia-t-elle.

Comme elle avait envie de se précipiter dans les bras de Bastian ! Résister à son désir lui demandait un effort de volonté gigantesque. Mais céder au désir qu'il lui inspirait pourrait s'avérer destructeur, elle ne le savait que trop.

Bastian se rapprocha et lui posa la main sur l'épaule.

— Regarde-moi, *glyka mou*, dit-il d'une voix douce. Nous sommes compliqués, tous les deux.

Avec réticence, Emmie tourna la tête vers lui.

— C'est vrai, et tu m'aides beaucoup en me proposant de vivre ici, répliqua-t-elle dans un souffle. Je t'en suis très reconnaissante, mais…

— Je ne te demanderai rien en échange, l'interrompit-il avec douceur. Si c'est cela qui t'inquiète, tu as tort. Je ne veux pas de remerciements, d'aucune sorte.

Confuse qu'il ait mal interprété ses paroles, Emmie baissa les yeux.

— Ce n'est pas ce que je voulais dire.

Elle voulut reculer pour rassembler ses esprits, mais buta contre le mur.

— Que voulais-tu dire, alors ? demanda-t-il.

A présent, Emmie se retrouvait prisonnière entre le mur et Bastian qui se rapprocha encore d'un pas. Il était si proche qu'elle pouvait sentir la chaleur de son corps se propager en elle.

— Je sais que tu as couché avec Lilah, le soir du mariage…

Il la dévisagea d'un air abasourdi.

— Non, je…

— Je l'ai vue dans ta chambre le matin suivant.

— Peut-être, mais moi, je n'y étais pas ! riposta-t-il avec véhémence. J'ai passé la nuit chez mon grand-père, et nous avons joué au poker jusqu'à l'aube. J'ai d'ailleurs laissé une petite fortune à ce vieux renard ! Quant à Lilah, si elle se trouvait dans ma chambre, elle n'y avait pas été invitée. Réfléchis un peu, Emmie : crois-tu que je sois assez stupide pour louer tes services afin de m'aider à la tenir à distance, avant de la faire revenir dans mon lit ?

Ne sachant quoi penser, Emmie le regarda en silence.

— Elle savait que j'allais quitter l'île…

— N'importe qui a pu lui donner cette information, puisque j'avais organisé ton départ avec le personnel la veille au soir. Et Lilah savait que j'avais été absent toute la nuit. Cette peste a voulu te faire croire que j'avais passé la nuit avec elle. Je n'arrive pas à croire que tu sois tombée dans le panneau !

Embarrassée Emmie ne trouva rien à répondre. Heureusement, la sonnette de la porte retentit dans le silence, et Bastian alla ouvrir. Un jeune homme lui tendit la valise qu'Emmie avait laissée chez son amie et après s'en être saisi et avoir remercié son employé, Bastian se retourna en demandant d'un ton surpris :

— C'est tout ce que tu as ?

— Non, j'ai laissé des affaires chez ma mère.

— Je vais arranger cela aussi, affirma-t-il en emportant la valise vers la chambre.

Puis il revint dans le salon et se dirigea vers la porte.

— Je t'appellerai demain, pour vérifier que tout va bien, lança-t-il avant de quitter l'appartement.

Quand il eut disparu, Emmie se retrouva en proie à une étrange impression de déception, de culpabilité, et d'abandon. Elle avait mal jugé Bastian, et il semblait lui en vouloir…

— Vous attendez des jumeaux, annonça le gynécologue.

— Des jumeaux ?

Sidérée, Emmie écouta le cœur de ses deux bébés battre à un rythme rapide.

— C'est sans doute pour cette raison que vous souffrez de ces nausées épouvantables, expliqua le médecin. Ce phénomène se rencontre plus souvent avec les grossesses gémellaires.

Reposant sa tête sur la table d'examen, Emmie se demanda comment allait réagir Bastian. Quant à elle, la perspective d'avoir des jumeaux ravivait des souvenirs affreux. Odette avait eu beaucoup de mal à les élever, elle et Saffy. Et puis elle se rendait bien compte des difficultés financières auxquelles elle allait être confrontée… Combien de temps faudrait-il avant qu'elle touche un salaire lui permettant d'élever deux enfants ? Allait-elle devoir vivre aux crochets de Bastian durant des années avant de pouvoir redevenir indépendante ?

Pour l'instant, il l'entretenait. Elle détestait se sentir redevable. Mais elle devait bien avouer que Bastian avait raison : avec ses nausées, elle ne pouvait pas continuer à travailler au bar.

Au cours des deux dernières semaines, alors qu'elle était assaillie sans répit par de violentes nausées, Bastian avait montré une patience extraordinaire. Il passait par l'appartement avant de rentrer chez lui, faisant parfois livrer à dîner pour eux deux. Ensuite il restait un moment. A deux reprises, au lieu de venir, il avait envoyé son chauffeur chercher Emmie, et elle avait passé la soirée chez lui, dans son superbe appartement avec terrasse.

Chaque fois, ils avaient savouré un dîner délicieux, préparé par sa gouvernante.

Leur nouvelle relation comportait toutefois des limites. Bastian s'informait du suivi de sa grossesse, mais il ne l'accompagnait jamais chez le gynécologue qu'il avait choisi pour elle, ni ne lui posait de questions trop intimes. Par ailleurs, il n'avait plus jamais tenté de s'approcher d'elle.

Elle aurait dû en être soulagée bien sûr. Hélas, à sa grande honte, cette relation platonique s'apparentait à une véritable torture. C'était comme si, après avoir partagé une étreinte fabuleuse avec Bastian, son corps était programmé pour réagir à la présence du sien. Elle devait se surveiller en permanence : ne pas regarder Bastian trop longtemps, ne pas l'approcher de trop près, et surtout, éviter le moindre contact physique.

Revenant au présent, elle s'essuya le ventre avec la serviette en papier que venait de lui tendre le médecin, puis se rhabilla.

Une fois rentrée, elle sortit son portable et envoya un SMS à Bastian :

> Ai passé échographie. Nous allons avoir des jumeaux.

Puis elle l'envoya avant de se rendre compte qu'elle avait écrit nous, comme s'ils formaient un couple. Alors qu'en réalité ils étaient deux personnes appartenant à des univers diamétralement opposés, qui s'efforçaient d'assumer le mieux possible une grossesse accidentelle.

Des jumeaux ! Bastian ne put retenir un sourire ravi tandis qu'il présidait une importante réunion. Sourd à la question que l'un de ses directeurs venait de lui poser, il répondit aussitôt au SMS d'Emmie :

Fantastique !

Oui, c'était fantastique. Il avait si longtemps souffert de son statut de fils unique, jusqu'à la naissance de Nessa. N'était-ce pas fabuleux que, dès la naissance, un enfant puisse avoir un compagnon ou une compagne de jeu ?

Incapable de se concentrer sur les discussions animées qui avaient lieu autour de la table, il s'excusa et ajourna la réunion. D'un pas décidé, il entra dans le bureau de Marie et lui demanda de faire envoyer des fleurs à Emmie. Quand il mentionna son nom et son adresse, il vit un éclair de surprise traverser le regard de son assistante. Il aurait tellement aimé pouvoir tout lui dire et partager son bonheur avec elle, avec le monde entier en fait. Mais Emmie redoutait les commérages et tenait à ce que sa grossesse demeure secrète. Elle n'avait pas tout à fait tort bien sûr, mais elle semblait ne pas se rendre compte que l'existence d'un enfant — et a fortiori de deux — ne pourrait pas rester indéfiniment cachée.

Cependant, il ne voulait pas contrarier Emmie, ni lui imposer quoi que ce soit. Dans l'immédiat, le plus important était de la persuader de manger correctement car sa minceur commençait à devenir vraiment inquiétante. Ces nausées constantes l'épuisaient, mais aucun des différents traitements prescrits par son gynécologue ne semblait avoir d'effet.

Bastian s'efforçait néanmoins de dissimuler son inquiétude, respectant les frontières qu'elle avait établies. Ce n'était pourtant pas dans ses habitudes, mais il se répétait que cela valait la peine de rester patient…

Durant des années, il avait redouté de se marier, de peur de répéter les erreurs de son père. Lilah lui avait paru inoffensive, et il l'avait considérée comme la compagne idéale, jusqu'à ce qu'il entrevoie le cauchemar qu'il avait évité — après qu'ils s'étaient séparés. En revanche, en optant pour le célibat à vie et en renonçant à avoir des enfants, il savait qu'il décevrait cruellement son grand-père.

Par conséquent, la situation présente offrait une solution totalement inespérée : Emmie allait lui donner deux enfants, et il n'aurait même pas à s'imposer les inconvénients d'un mariage.

Il y avait fort à parier que son grand-père serait choqué que ses arrière-petits-enfants naissent hors des liens sacrés, mais il ne les rejetterait pas, il le savait.

8.

Lorsque Emmie reçut le SMS de Bastian, elle fut si contente qu'elle l'invita à venir dîner avec elle. Même si elle n'était pas une cuisinière hors pair, elle pouvait préparer un repas décent. Et quand un livreur vint lui apporter un énorme bouquet de fleurs de la part de Bastian, elle fut encore plus heureuse. Oui, tout se présentait sous les meilleurs auspices.

Après avoir remis de l'ordre dans le salon, elle passa la robe qu'elle avait portée la veille du mariage de Nessa. A présent, elle était un peu juste au niveau de la poitrine, mais pour le reste, elle lui allait parfaitement.

Ponctuel comme à son habitude, Bastian arriva à 20 heures précises et, lorsqu'il promena son regard incandescent sur sa robe fuchsia, Emmie sentit la honte l'envahir. N'en avait-elle pas trop fait ? Après tout, Bastian ne s'intéressait qu'à leurs enfants, pas à elle…

— Nous fêtons quelque chose ? demanda-t-il avec un sourire en coin. J'adore cette robe, elle te va à merveille.

— Tu semblais content, à propos des jumeaux, alors…

Sa voix s'éteignit dans sa gorge quand elle aperçut la lueur affamée du regard de Bastian posé sur son décolleté. Instinctivement, elle croisa les bras sur sa poitrine dans l'espoir de lui dissimuler la réaction de ses seins. Quant à la chaleur qui se répandait entre ses cuisses, elle serra les jambes pour la contenir. Comme toujours, sans même la toucher, Bastian mettait son corps en feu…

A la fois consternée et excitée, elle voulut se détourner, mais avant qu'elle n'ait pu esquisser le moindre geste, Bastian tendit les bras, l'enlaça, pencha son visage vers elle et prit sa bouche avec fièvre.

Aussitôt des myriades de sensations exquises se mirent à crépiter en elle. Le cœur battant à tout rompre, elle s'abandonna à son baiser passionné.

— Dis-moi que tu en as envie…, murmura-t-il en redressant la tête.

En même temps, il laissa glisser ses mains chaudes sur ses cuisses et les caressa sous l'étoffe.

— Dis-moi que tu me désires autant que je te désire…, continua-t-il d'une voix rauque.

Pressée contre son ventre, la puissante érection de Bastian redoublait le désir qui dévorait Emmie. Vaincue, elle ferma les yeux, et referma les mains sur la nuque de Bastian pour l'attirer plus étroitement contre elle.

— Oui…, chuchota-t-elle. Oui…

Comme s'il n'attendait que ce mot de sa part, Bastian la souleva dans ses bras et l'emporta vers la chambre. Puis il s'assit sur le lit, l'installa sur ses genoux et fit glisser la fermeture Eclair de sa robe.

— J'ai l'impression de t'avoir toujours attendue, *glyka mou*.

Hypnotisée, Emmie suivit le dessin de ses lèvres du bout des doigts.

— Tu n'as pas l'habitude d'attendre, dit-elle doucement. Et moi, je n'ai pas l'habitude de céder.

Comment aurait-il pu en être autrement alors qu'elle avait dû passer sa vie à se préserver, se protéger, de crainte de se voir rejetée et de souffrir. Mais quelque chose en Bastian avait détruit ses défenses et lui avait ouvert le cœur. Avec lui, elle avait envie d'offrir, au lieu de garder.

Ivre de plaisir, ivre de Bastian, elle croisa son regard brûlant et, quand il reprit sa bouche, tout en faisant glisser sa robe sur son buste, elle lui rendit son baiser sans plus aucune retenue. Avec des gestes fiévreux, il dégrafa son soutien-gorge et le lui ôta, puis referma les mains sur ses seins, et Emmie sentit le plaisir l'inonder.

Accrochée à ses épaules, elle l'embrassa avec fougue, lui offrant toute la passion qu'elle avait contenue depuis si longtemps. Sans s'écarter de sa bouche, Bastian se débarrassa de sa veste, dénoua sa cravate, et déboutonna sa chemise. Aussitôt, elle appuya ses paumes sur son torse nu avec un soupir de satisfaction. Sa peau était si douce sous ses doigts, si chaude…

Bastian la souleva alors et acheva de lui ôter sa robe, puis l'étendit sur le lit avec une délicatesse extrême. Après s'être complètement déshabillé, il s'assit à côté d'elle et, les yeux étincelants de désir, contempla son corps presque nu.

— Je te désire si fort qu'attendre est une véritable souffrance, dit-il en lui caressant le nombril.

Il laissa descendre ses doigts sur son ventre, puis effleura le triangle de soie de sa culotte. Avec une exquise lenteur, il fit glisser ses doigts sous le tissu, et Emmie creusa les reins pour mieux s'offrir à ses savantes caresses.

— Cette fois, je veux te regarder jouir, mumura-t-il d'une voix rauque.

Sans cesser de la caresser, il saisit l'un de ses seins, et entreprit de le tourmenter, avant de se consacrer à l'autre. Egarée dans la volupté, Emmie sentit alors la bouche chaude et humide de Bastian se refermer sur un de ses seins gonflés et l'aspirer entre ses lèvres.

— Bastian, viens, je t'en supplie…, haleta-t-elle. Maintenant…

Avec un petit rire rauque, il se redressa et s'enfonça en elle d'un coup de rein si puissant qu'Emmie poussa un cri.

— Tu es brûlante, *khrisa mou*. Et si étroite… Avec toi, je vis mes rêves les plus fous !

— Bastian… Bastian…

Il lui faisait l'amour avec une nonchalance divine,

alternant de lentes poussées avec une succession de coups de reins rapides. Et quand il accéléra la cadence, tout en s'enfonçant de plus en plus profondément en elle, Emmie se sentit quitter la terre et s'envoler vers des sommets éblouissants.

— Emmie, c'est si extraordinaire avec toi, je n'ai jamais eu autant de plaisir, murmura Bastian d'une voix hachée en se retirant.

Puis il s'allongea à côté d'elle et lui passa un bras autour de la taille pour la ramener contre lui.

Ces paroles traversèrent Emmie comme une flèche empoisonnée. Il était encore en elle et il la comparait déjà aux maîtresses qui l'avaient précédée, comme si elle n'était qu'un numéro sur une liste…

— Et que faisons-nous de ce constat ? demanda-t-elle d'un ton glacial.

Bastian tressaillit. Alors qu'il ne se laissait jamais aller aux confidences sur l'oreiller, il venait de faire un véritable aveu à Emmie, et voilà que, fidèle à elle-même, elle semblait le lui reprocher. Ne pouvait-elle pas se contenter de cette bulle magique qui les enveloppait, là, maintenant ?

— Ce n'est que du sexe, répliqua-t-il sur le même ton. Ne nous prenons pas la tête avec ça.

A peine avait-il prononcé ces mots qu'il sentit Emmie se raidir contre lui. Il chercha à lire l'expression de son visage, mais elle semblait murée dans le silence.

Désemparé, il se contenta de la serrer plus étroitement contre lui. Certes, il aurait pu se montrer plus délicat, et ses paroles avaient dépassé sa pensée. Mais il était trop orgueilleux pour revenir dessus. Et puis il ne connaissait pas la réponse à la question d'Emmie. Tout ce qu'il savait, c'était que répondre à cette question ne pourrait que compliquer leurs relations. Et qu'il devait à tout prix l'empêcher. Car elle portait ses enfants, ce qui faisait d'elle bien davantage qu'une maîtresse.

Ne se sentant pas d'humeur à s'appesantir sur cette réalité, ni à explorer les pensées confuses qui se bousculaient en lui, Bastian lâcha d'un ton brusque :

— Allons dîner à l'extérieur.

— Je pensais préparer un repas.

Pressentant d'autres questions embarrassantes, Bastian préféra se montrer un peu brutal. Il ne désirait pas se retrouver trop longtemps en tête à tête à l'appartement.

— Je ne peux pas rester longtemps, dit-il en quittant le lit. Je m'envole pour l'Australie demain, avant d'aller en Asie. Je veux voir comment se déroulent nos activités sur place. Je serai absent pendant un certain temps.

A ces mots, Emmie sentit son cœur se serrer. La façon si nonchalante, si détachée dont Bastian lui annonçait son départ à la dernière minute lui donnait l'impression d'être soudainement abandonnée. Ce qui était ridicule, bien sûr. Il ne lui devait rien. Mais les traits de Bastian étaient empreints d'une dureté inhabituelle tandis qu'il se rhabillait à la hâte. De toute évidence, il ne voulait pas s'embarrasser de liens inutiles, et c'était sa façon de le lui signifier.

Elle portait ses enfants, il la désirait, mais il n'était pas prêt à lui offrir plus.

« Ce n'est que du sexe. Ne nous prenons pas la tête avec ça. »

Avait-elle espéré davantage ? Une fois de plus, elle s'était laissée embraser par le désir et s'était précipitée au lit avec Bastian, sans réfléchir. Et sans se soucier de ce qu'il pensait d'elle, ni des conséquences de leur étreinte.

Une boule se nicha dans la gorge d'Emmie. Elle se

sentait blessée, rejetée. De toute évidence, elle attendait beaucoup plus de Bastian qu'il n'était disposé à lui offrir. Oui, elle avait sous-estimé ses propres sentiments à son égard.

— Si tu n'as pas envie de sortir, je peux faire livrer à dîner, proposa-t-il en reboutonnant sa chemise.

Quand il s'empara de sa veste, Emmie le haït.

— En fait, j'ai déjà mangé, mentit-elle.

— Tu sais bien que tu dois t'alimenter correctement, à cause de tes nausées, répliqua-t-il d'un air mécontent.

— A tes ordres, fit-elle en hochant la tête.

Puis elle attrapa sa robe de chambre et alla s'enfermer dans la salle de bains.

Que du sexe. Ces trois mots tournaient en boucle dans sa tête, ils lui déchiraient le cœur. Pour la première fois depuis son installation dans cet appartement, elle eut envie d'être ailleurs, n'importe où ailleurs. Comme elle avait eu tort de se laisser entraîner dans une telle dépendance vis-à-vis de Bastian. Il payait toutes les factures et ne lui demandait aucun loyer. Etait-ce pour cela qu'il n'avait plus aucun respect pour elle ? Ou bien encore la voyait-il comme sa maîtresse ?

Ce qui était sûr, c'était que tant qu'elle se laisserait entretenir, elle ne pourrait pas être son égale. Elle avait une grande décision à prendre. Une sale décision, même, dont elle s'occuperait dès que Bastian serait parti à l'étranger. Dans l'immédiat, elle devait maîtriser ses émotions, sortir de la salle de bains, enfiler le seul jean dans lequel elle rentrait encore, plaquer un sourire sur son visage et aller le rejoindre dans le salon.

Bastian regarda Emmie grignoter du bout des lèvres.

— Tu dois manger davantage, insista-t-il. Tu maigris à vue d'œil, Emmie.

Ses joues s'enflammèrent, puis pâlirent tandis qu'elle le dévisageait sans prononcer un mot.

Le reste du dîner se déroula dans un silence tendu et, lorsque Bastian dit qu'il l'appellerait quand il le pourrait, elle posa sur lui un regard si distant, qu'il se demanda comment elle pouvait être aussi belle et aussi vulnérable à la fois. Il aurait aimé emmener Emmie avec lui, mais dans son état, mieux valait qu'elle ne voyage pas et reste au calme. Elle était trop faible. Et puis, ne s'étant jamais occupé de quiconque, il n'aurait su comment s'y prendre avec elle.

A peine Bastian avait-il franchi la porte de l'appartement qu'Emmie consulta les horaires de train pour la Région des lacs. Elle ne resterait pas une minute de plus dans cet appartement ! Qu'y aurait-elle fait alors que ses désirs ne correspondaient en rien à ceux de Bastian ? Elle voulait davantage que du sexe, elle le savait maintenant, tandis que lui, il la considérait plus ou moins comme une maîtresse. Une maîtresse dont il payait les services.

Comment avait-elle pu tomber amoureuse de lui ? Bastian était un amant fabuleux, certes, mais il faisait preuve d'une telle insensibilité ! Pourtant, durant les dernières semaines, elle avait cru voir autre chose en lui. Ses coups de fils et ses visites lui étaient devenus infiniment précieux. Honteuse de sa faiblesse, Emmie battit des paupières pour refouler ses larmes.

Une part d'elle aurait préféré rester à Londres et se contenter du peu que Bastian avait à lui offrir. Mais c'était trop dangereux. Comment réagirait-il lorsque son ventre deviendrait énorme ? Non, elle devait couper tout lien avec lui et s'en aller tant qu'il lui restait un peu de fierté.

*
* *

— Elle est partie… Vous en êtes sûre ? demanda Bastian les doigts crispés sur son téléphone.

Après avoir appelé l'appartement en vain des centaines de fois, et être tombé systématiquement sur la boîte vocale du portable d'Emmie, il s'était résolu à demander à Marie d'aller faire un tour sur place.

— Le dressing et tous les tiroirs sont vides… Ah, attendez, je viens de trouver une enveloppe à votre nom.

Bastian brûlait de savoir ce qu'Emmie lui avait écrit, mais il refréna sa curiosité. Il ne pouvait quand même pas demander à Marie de lui lire la lettre au téléphone… C'était trop personnel.

Installé dans le salon de sa suite, à l'autre bout du monde, Bastian reposa le téléphone.

Emmie l'avait quitté… Une rage folle le submergea et, l'espace d'un instant, il ne vit plus rien. Elle avait osé disparaître alors qu'elle portait ses enfants — et qu'il avait fait tout son possible pour la rendre heureuse !

Enfin, peut-être pas tout son possible, admit-il dans un sursaut d'honnêteté.

Durant les premières semaines de son installation à Birkside, la maison que Kat avait héritée de son père et où elle les avait accueillies, Saffy, Topsy et elle, lorsque leur mère les avait placées en famille d'accueil, Emmie s'était vue obligée de remettre ses projets en question.

Kat venait de lui avouer que ses affaires marchaient très mal et qu'elle se trouvait au bord de la faillite quand un riche homme d'affaires et magnat du pétrole russe, dont la société était basée à Londres, était apparu comme par enchantement dans sa vie et lui avait fait une proposition extraordinaire. Après avoir acheté Birkside, il s'engageait à lui rendre gratuitement la maison, à condition qu'elle joue le rôle d'hôtesse à bord de son luxueux yacht pendant un mois.

Consciente que, si elle refusait, elle perdrait tout ce qu'elle avait bâti, Kat avait fini par accepter si bien qu'Emmie s'était retrouvée seule à Birkside. Toutefois sa solitude n'avait pas duré longtemps car sa plus jeune sœur, Topsy, était venue au moment des vacances scolaires.

Une semaine après le départ de Topsy, Kat était rentrée en lui annonçant qu'elle et Mikhail étaient tombés amoureux et qu'elle partait vivre avec lui à Danegold, la maison de campagne de Mikhail située à proximité de Londres. Et peu de temps après ils s'étaient mariés.

Privée de la compagnie de sa sœur aînée, Emmie avait décidé de travailler à mi-temps comme vendeuse dans un petit supermarché du coin. Mais elle nourrissait également le projet de monter un café-boutique dans une maison disponible à la location, en plein centre du village. Son beau-frère, Mikhail, avait généreusement proposé de financer son projet et de l'aider à lancer sa petite entreprise.

— Je me moque de l'argent, prends tout ce dont tu auras besoin, avait-il dit. Kat se fait un sang d'encre à ton sujet : si elle voit que tu te débrouilles et que tu gagnes bien ta vie, elle cessera de s'inquiéter et comprendra que tu peux élever tes enfants seule, comme tu le désires.

Emmie s'était alors lancée à corps perdu dans ce projet. Heureusement, ses épouvantables nausées avaient cessé dernièrement, si bien qu'elle pouvait travailler sans problème. Depuis qu'elle se sentait mieux, elle avait consacré tout son temps libre à la recherche d'artisans locaux désirant présenter leurs créations dans sa future boutique. En parallèle, elle s'était renseignée sur toutes les démarches à suivre pour ouvrir un café. Son projet l'occupait et la passionnait mais, même s'il lui restait peu de temps pour rêver, elle restait souvent longtemps éveillée dans son lit, à songer à un beau visage aux traits virils et aux cheveux de jais. Parfois, le manque de Bastian devenait si violent qu'elle le ressentait dans sa chair.

Même si elle avait compris que tout avenir avec lui était impossible, s'éloigner de lui, de Londres, avait laissé en elle une blessure qui n'en finissait pas de saigner.

Mais elle avait eu raison de partir. En restant en marge de la vie de Bastian, en continuant à se contenter des miettes qu'il lui offrait dans l'espoir absurde qu'un jour il pourrait désirer vivre une relation sérieuse avec elle, elle aurait entretenu une simple chimère.

Il fallait qu'elle l'oublie, et vite. Mais le fait que ses sœurs vivent de merveilleuses histoires d'amour ne l'aidait pas à dépasser son propre échec. Comparée à ses deux sœurs, Emmie se sentait une espèce de paria de l'amour.

Un magazine glamour posé sur le siège passager, Bastian engagea sa Ferrari sur la route étroite menant à Birkside.

Une fois arrivé à destination, il se gara devant le corps principal du logis, une ancienne ferme restaurée, fourra le magazine dans sa poche et bondit hors du véhicule avant de se diriger à grands pas vers la porte principale.

Lorsque la sonnette tinta, Emmie retint un soupir d'agacement. Evidemment, un visiteur arrivait au moment où elle avait les mains pleines de farine ! En les essuyant sur son tablier, elle s'étonna malgré elle de sentir le volume impressionnant de son ventre.

D'après le médecin, c'était tout à fait normal puisqu'elle attendait des jumeaux, mais cela ne l'empêchait pas de rester stupéfaite devant cette espèce de petite maison qu'elle transportait partout avec elle.

Après s'être essuyé les mains une dernière fois, elle

ouvrit la porte et se figea en découvrant la haute silhouette qui se tenait sur le seuil.

Vêtu d'un élégant manteau de cashmere anthracite ouvert sur un somptueux costume noir, Bastian la regarda en silence, les yeux étincelants comme des diamants noirs.

— Tu as l'air surprise de me voir, *mykla mou*…, dit-il en haussant un sourcil d'un air ironique.

9.

Quand il s'avança d'un pas décidé, Emmie fut bien forcée de reculer pour le laisser passer.

— Je ne crois pas t'avoir invité à entrer, remarqua-t-elle d'une voix crispée.

— Daignerais-tu m'expliquer pourquoi je n'ai mérité aucune explication quand tu as décidé de disparaître ? contre-attaqua-t-il aussitôt. *Cela ne peut pas fonctionner pour moi*. Pensais-tu vraiment que cette note me suffirait. Comment étais-je censé interpréter ce message nébuleux ?

Elle s'était peut-être montrée un peu expéditive, en effet, reconnut Emmie. Mais elle avait voulu éviter tout étalage d'émotions.

— Je n'ai pas envie d'en parler.

Un pli dur se forma sur la belle bouche de Bastian.

— Nous allons pourtant parler de beaucoup de choses, *glyka mou*.

Etourdie malgré elle par la proximité de Bastian, envoûtée par la chaleur émanant de son corps puissant, Emmie le toisa en silence. Il l'avait appelée *glyka mou*, ma douce, comme il le lui avait expliqué après une étreinte passionnée. Parmi tous les petits noms affectueux dont il usait avec elle, c'était son préféré. Malgré elle, elle se sentit chamboulée.

Jamais personne ne lui avait dit qu'elle était douce.

— Tu as pris du poids..., reprit-il en haussant un sourcil brun.

— Ah… Tu l'as remarqué ? répliqua Emmie d'un ton ironique.

Fasciné, Bastian contempla ce ventre extraordinaire sur lequel s'étirait un tablier bleu maculé de farine.

— Si je comprends bien, tu ne souffres plus de nausées ?

— Non, depuis déjà pas mal de temps, répondit-elle en se détournant.

Elle se dirigea lentement vers la cuisine.

— Et tu n'as pas jugé bon de prendre contact avec moi pour m'en avertir ? demanda Bastian en la suivant. Cela ne t'a pas traversé l'esprit que je pouvais m'inquiéter ? La dernière fois que je t'ai vue, tu étais loin d'être en bonne santé !

— Tu sais ce qu'on dit : loin des yeux, loin du cœur…

— Ces bébés sont à moitié à moi, bon sang ! Quand t'ai-je donné l'impression d'être irresponsable ?

Le visage sérieux, Emmie se retourna vers lui.

— Eh bien, peut-être lorsque tu m'as avertie qu'il ne s'agissait « que de sexe » entre nous, et qu'il valait mieux « ne pas se prendre la tête avec ça »…

Emmie vit avec satisfaction une teinte sombre se répandre sur les pommettes de Bastian tandis qu'un éclat farouche embrasait son regard. Il avait honte de ses paroles ? Tant mieux !

— J'essayais de me protéger, dit-il d'une voix sourde. Je ne voulais pas prendre de risques.

— Comment ça, te protéger ?

Il se passa la main dans les cheveux.

— Tu te montres tour à tour passionnée, Emmie, puis glaciale… Et, pour finir, tu fuis. C'est la deuxième fois que tu me fais ça !

Emmie s'avança d'un pas et redressa les épaules.

— Je ne suis ni passionnée ni glaciale. Et je ne fuis pas !

— Si. Je t'ai offensée la veille du mariage de Nessa, et après t'être enflammée dans mes bras, tu m'as témoigné une froideur glaciale, avant de fuir l'attirance qui vibrait entre nous. Tu te conduis comme une adolescente effarouchée, Emmie !

— Comment oses-tu ?

— Je me suis toujours montré franc avec toi, répondit-il avec un haussement d'épaules. Il y a eu un affreux malentendu entre nous, mais je me suis excusé dès que je m'en suis rendu compte. Et c'est toi qui as refusé d'accepter mes excuses. Pourtant, j'avais reconnu m'être trompé à ton sujet. Mais je t'ai avoué que je te désirais toujours. Si tu avais eu le courage de te montrer aussi franche que moi, nous n'aurions pas été séparés…

— Il ne s'agit pas de franchise, l'interrompit Emmie, à bout de patience. Mais de sensibilité, et c'est toi qui as tenu à affirmer qu'il ne s'agissait que de sexe !

— En effet, le sexe n'est que du sexe, Emmie ! répliqua-t-il d'un ton brutal. Mais j'ai aussi prouvé que je me préoccupais de ton bien-être et de ta santé — tu ne vas quand même pas prétendre le contraire ?

— Non, fit Emmie en desserrant à peine les dents.

— Je ne méritais pas que tu me quittes sans même me dire où tu allais.

— J'aurais repris contact avec toi après la naissance, protesta-t-elle.

— Je ne me contenterai pas d'un simple rôle de géniteur, répliqua Bastian d'un ton hostile.

Emmie redressa le menton.

— Eh bien, je suis désolée que cela te déplaise, mais je ne souhaitais pas que tu t'impliques davantage dans ma grossesse. Je trouvais cela inapproprié, vu les circonstances.

— Dans ce cas, tu aurais dû m'en parler, riposta-t-il, les yeux brillants de colère. Profiter de mon absence pour disparaître, c'est puéril et lâche !

— Je suis partie justement parce que je ne voulais

pas de ce genre d'affrontement ! Et je ne suis ni puérile ni lâche.

Oh non, elle refusait de porter l'entière responsabilité de ce qui s'était passé ! Elle ne le laisserait pas faire.

— Vraiment ? rétorqua Bastian. Reconnais au moins que tu as d'étranges complexes !

Il sortit le magazine de sa poche et le plaqua sur la table.

— Sapphire Marshall est ta sœur, ta jumelle, et je suppose que c'est à cause d'elle que tu te balades la plupart du temps dans des tenues informes ! Mais je ne me souviens pas que tu aies fait allusion à son existence devant moi, ne serait-ce qu'une fois…

Glacée, Emmie baissa les yeux sur la photo étalée sur la couverture. Une photo de Saffy le jour de son remariage avec Zahir, l'homme qu'elle avait épousé une première fois, des années plus tôt, avant que la vie ne les sépare. Aujourd'hui, ils étaient de nouveau réunis et Saffy n'avait jamais semblé aussi heureuse. Lumineuse, un sourire radieux aux lèvres, sa sœur était d'une beauté inouïe. Emmie sentit son cœur se serrer : elle avait refusé d'être sa demoiselle d'honneur, et même d'assister au mariage en tant que simple invitée…

— Comment l'as-tu appris ? demanda-t-elle d'une voix blanche.

— Nessa est tombée sur cette photo par hasard et me l'a montrée. Je n'en croyais pas mes yeux ! D'abord, j'ai pensé que c'était toi, puis j'ai vu son prénom… Sapphire. Alors je me suis souvenu que toi, tu t'appelles en réalité Emerald : ce ne pouvait pas être une coïncidence. J'ai effectué quelques recherches et compris que tu me cachais beaucoup de choses.

— Qui ne te regardent pas.

— Je n'arrive pas à croire que Sapphire soit ta sœur…

A ces mots, Emmie se sentit blêmir.

— Je comprends, murmura-elle. Nous sommes jumelles, mais elle est très différente de moi.

— Oui, c'est vrai, approuva Bastian. Sur le coup, je l'ai prise pour toi mais ensuite, je me suis vite rendu compte des différences.

Bien sûr, il les avait comparées, comme tout le monde.

Malgré elle, Emmie baissa les yeux. Elle était si fatiguée d'être comparée à sa jumelle si… parfaite.

— Tu as un grain de beauté sur la joue, et ta sœur a les yeux plus clairs que toi, poursuivit-il. J'ai aussi pensé que tu devais être un peu plus petite qu'elle…

— De quelques centimètres, acquiesça Emmie, sidérée par sa perspicacité. Après mon opération, je ne l'ai jamais rattrapée. Mais je ne me déguise pas, tu ne comprends pas… C'est seulement que je n'aime pas être prise pour Saffy et, crois-moi, cela arrive tout le temps quand je fais un effort vestimentaire et que je sors à Londres. Ma sœur est une vraie célébrité. Et puis j'ai aussi découvert que c'était plus simple de ne pas préciser qu'elle était ma sœur aux gens que je fréquente.

— Je peux le comprendre, mais vous n'êtes pas interchangeables.

— Tu trouves ?

— Je ne sais pas bien pourquoi mais, quand je regarde cette photo, elle ne provoque rien en moi. Aucun désir, aucun émoi. Alors que dès que je t'aperçois, tout mon corps s'embrase, reconnut-il d'une voix rauque.

Etait-il vraiment en train de lui dire qu'il la trouvait plus attirante que sa superbe jumelle ? Non, impossible. Saffy était la perfection même, à tous égards.

Désemparée, Emmie regarda Bastian : était-il possible qu'il dise vrai ? Pouvait-il vraiment la trouver plus sexy que sa sœur ?

— Chaque fois que je te regarde, j'ai envie de toi, poursuivit-il en laissant errer son regard sur son corps. Parce que même si je sais qu'il ne s'agit que de sexe, c'est néanmoins le meilleur, le plus fabuleux que j'aie jamais partagé avec une femme !

A ces mots, Emmie sentit une délicieuse chaleur se répandre dans tout son corps. Mais elle concentra toute sa volonté pour refouler ces réactions malvenues. Bastian s'efforçait de tourner une insulte en compliment, mais elle ne tomberait pas dans le piège.

Le cœur battant, elle répliqua d'une voix tendue :

— Et comment as-tu découvert que je vivais ici ?

— Une fois que j'ai fait le lien avec ta célébrissime sœur, j'ai fait effectuer une petite enquête qui m'a vite conduit dans la région, répondit Bastian. Je suis venu aussitôt sur place, mais tu n'étais pas là, et la maison était fermée.

— Ce devait être un week-end, et j'étais sans doute chez Kat.

Bastian la regarda en fronçant les sourcils.

— Ta sœur aînée ? Celle qui a épousé ce milliardaire russe et qui est propriétaire de cette maison ?

— Je vois que tu as étendu ton enquête à toute la famille…

— En tout cas, j'en ai appris suffisamment pour savoir que tu ne devrais pas vivre ici, où tu dépends de la générosité de cet homme.

— Je te ferai remarquer que cet homme, comme tu dis, est mon beau-frère.

— Peu importe. Si tu te trouves dans cette situation, c'est à cause de moi : par conséquent, c'est à moi de m'occuper de toi.

Emmie se redressa de toute sa hauteur.

— Je suis tout à fait capable de m'occuper de moi toute seule, Bastian. Je n'ai besoin de personne !

— Mais je veux m'occuper de toi !.

— Tu avoueras que cette attitude est un peu surprenante, après certaines choses que tu as dites.

— Tu ne peux pas oublier ce que j'ai dit et te concentrer sur l'avenir ? Je crois que ce serait plus profitable, s'exclama Bastian avec assurance.

Il se dirigea vers la cheminée du salon, où rougeoyait une bûche.

— Quel avenir ?

— Le tien et celui des enfants, répondit-il en se retournant vers elle. Je veux te remmener en Grèce et te présenter à ma famille.

— Mais… je les ai déjà rencontrés…

— Pas en tant que mère de mes enfants. Nous ne pouvons pas continuer à cacher notre relation, Emmie.

Une lueur amusée scintilla au fond de ses yeux.

— Tu fais partie de ma vie, à présent, et pour un bon bout de temps.

— Je ne comprends toujours pas pourquoi je devrais retourner en Grèce avec toi, et faire une sorte d'annonce officielle.

— Je trouve que c'est important, répliqua-t-il d'une voix grave. Ma famille compte beaucoup pour moi.

— Je n'ai pas envie d'aller là-bas maintenant, déclara Emmie.

— Je voudrais aussi que nous passions un peu de temps ensemble pour voir si notre relation fonctionne, reconnut Bastian. C'est normal, non ?

Incapable de détacher son regard du sien, Emmie sentit sa résolution faiblir.

— Pour quelqu'un qui affirme que nous ne partageons que du sexe, reconnais que ta proposition est un peu… surprenante.

— Tu ne peux pas oublier ces paroles malheureuses ? s'exclama-t-il d'un ton excédé.

— Non. Elles continuent à me hanter, je n'y peux rien. Et maintenant, comme ça, tu voudrais voir si notre relation fonctionne, alors qu'auparavant tu n'aurais même pas admis qu'il puisse y avoir de relation entre nous !

Bastian inspira profondément. Bon sang, Emmie avait vraiment le don de mettre le doigt sur ses erreurs et de les lui balancer à la figure au pire moment ! Jamais il n'avait rencontré de femme aussi têtue.

— Personne n'est parfait, répliqua-t-il.

— Et puis toi aussi tu as des complexes, ajouta-t-elle d'une voix suave. En ce qui concerne l'engagement, par exemple.

— J'ai été fiancé, rappela Bastian.

— Mais étrangement, tu n'es pas allé jusqu'au mariage.

— Lilah a été offensée par le contrat de mariage qui lui a été proposé, je n'y peux rien.

— Je me moque de ton argent, riposta Emmie.

Bastian baissa ostensiblement les yeux sur son ventre.

— Mais tu ne peux pas en priver tes enfants. Ils y ont droit, Emmie.

Muette de stupéfaction Emmie se sentit rougir. Il avait raison : lorsqu'ils grandiraient, ses enfants désireraient sans doute partager le style de vie privilégié de leur père.

— Je passerai la nuit ici, l'informa Bastian. Nous partirons demain matin.

— Tu ne peux pas me forcer à t'accompagner en Grèce !

— Je n'essaie pas de te forcer à quoi que ce soit. Je te demande de songer avant tout aux besoins des enfants. Et puis tu ne peux pas continuer à te cacher au fin fond de la campagne.

Malgré elle, Emmie dut reconnaître qu'il y avait du vrai dans cette affirmation… Entretenir une relation conflictuelle avec le père de ses enfants n'était vraiment pas positif. Mais que se passerait-il si elle ne parvenait pas à changer ses sentiments envers Bastian ? Ni à lui pardonner de ne pas les partager ? Elle en voulait trop, et lui trop peu.

— D'accord, je vais y réfléchir, murmura-t-elle.

— Je m'occupe d'organiser…

— Non, mais c'est incroyable ! protesta Emmie. J'ai dit que j'allais y réfléchir, pas que j'acceptais !

Il la regarda en silence, brûlant de frustration. Peut-être

que si elle cédait un peu, il en ferait autant… Elle ne pouvait pas laisser sa propre attitude affecter les relations futures de Bastian avec ses enfants. Pas après avoir tant souffert elle-même de l'indifférence de son père.

— D'accord, je t'accompagnerai en Grèce, dit-elle d'un ton brusque. Viens, je vais te montrer ta chambre.

Bastian réprima un sourire. Elle ne l'invitait pas à partager sa chambre, mais elle avait au moins accepté l'idée de l'accompagner. Les yeux rivés sur le gracieux balancement des hanches d'Emmie, il gravit l'escalier derrière elle. Il s'était montré trop optimiste. Tous les obstacles ne pourraient être abolis d'un coup. Sans compter qu'Emmie se montrait vraiment difficile…

En fait, il ne savait même pas ce qu'elle attendait de lui, et cela commençait à le perturber. Bon sang, il faisait de son mieux pour arranger les choses mais toutes ses tentatives semblaient se solder par un échec ! Emmie ne reconnaissait jamais ses efforts. Au contraire, c'était comme si elle prenait un malin plaisir à lui faire remarquer la moindre de ses erreurs. Alors, pourquoi s'entêtait-il à vouloir l'aider ? En fait, il n'en savait rien. La seule chose dont il était certain, c'était qu'il ne pouvait pas rester éloigné d'elle. Cette femme l'attirait irrésistiblement.

Emmie fit entrer Bastian dans l'une des chambres d'hôtes et lorsqu'il s'avança dans la pièce, elle ne put s'empêcher de s'abîmer dans la contemplation de son profil. Il était si beau, si troublant… Après tout, ce n'était pas la faute de Bastian si elle était tombée folle amoureuse de lui. Ni lui ni elle n'y pouvaient rien. C'était comme ça. Et puisque Bastian se montrait déterminé à assumer son rôle et ses responsabilités paternelles — avant même que leurs enfants ne soient venus au monde — de quel droit l'en empêcherait-elle ?

— Si tu veux te doucher, il y a de l'eau chaude, dit-elle en se rappelant ses devoirs d'hôtesse. Et le repas sera prêt dans une heure. Ça me changera d'avoir de la compagnie : ma plus jeune sœur Topsy ne vient ici que durant les vacances scolaires. Le week-end, quand elle a envie de prendre l'air, elle va plutôt chez Kat et Mikhail, ajouta-t-elle avec un petit sourire.

— Qu'est-ce que tu leur as dit ? demanda Emmie à voix basse.

Bastian venait de s'adresser à tout le personnel rassemblé dans le grand hall pour les accueillir. Affreusement intimidée par ce cérémonial, Emmie aurait voulu rentrer sous terre. Que devaient penser tous ces gens en la voyant réapparaître enceinte jusqu'aux yeux ?

— Pourquoi veux-tu le savoir ? chuchota-t-il en lui posant une main sur les reins.

— Par curiosité.

Chacun retournant à ses occupations, elle se laissa entraîner vers l'escalier.

— Je leur ai dit que désormais, c'était toi qui dirigerais la maison.

Stupéfaite, elle s'arrêta net et se tourna vers lui.

— Pardon ?

— Je veux qu'il n'y ait aucune ambiguïté quant à ton statut, expliqua-t-il en fronçant les sourcils. Et que tout le personnel se montre respectueux et attentionné à ton égard.

— Mais je ne suis pas la maîtresse de maison… ni ton épouse !

— Tu as besoin d'une étiquette ? Ce qui compte

c'est que tu sois la femme la plus importante de ma vie, affirma-t-il avec sérieux. Tu portes mes enfants.

— Et ta mère ? Elle ne compte pas pour toi ?

— Si à mon âge je la considérais encore comme la femme le plus importante de ma vie, ce serait inquiétant…, fit remarquer Bastian. Mais de toute façon, que vient faire ma mère dans notre histoire ?

— Elle est encore vivante ?

— Oui. Elle habite en Italie, et je ne la vois que lorsqu'elle a besoin d'argent.

— C'est triste.

— Pense à ce que ta mère t'a fait pour de l'argent, remarqua-t-il avec cynisme. Crois-moi, je suis le fils d'une femme encore plus vénale qu'Odette, alors je sais de quoi je parle. Ne parlons plus de ma mère, d'accord ?

— Elle sera la grand-mère de nos enfants.

— Cinzia ne viendra jamais les voir. Quand j'étais petit, elle évitait déjà de se montrer avec moi, parce que cela la vieillissait. Alors, elle n'acceptera jamais de passer au rang de grand-mère, crois-moi ! Mon père l'a rencontrée à l'époque où elle était une star de cinéma, mais sa célébrité a vite diminué car elle n'était plus toute jeune. Elle l'a épousé pour son argent et quand elle en a eu assez de lui, elle a divorcé, ce qui a coûté à mon père la moitié de ses biens.

Bastian s'interrompit le temps de laisser un domestique déposer leurs valises à l'entrée.

— Son ego en a pris un coup, mais mon père s'est consolé dans les bras de sa secrétaire, poursuivit-il. Elle est tombée enceinte, et il l'a épousée quelques semaines après avoir divorcé d'avec ma mère.

Emmie ne put réprimer un frisson. Bastian voyait-il un parallèle dangereux entre cette histoire et la leur ?

— C'était la mère de Nessa, poursuivit Bastian. Mais comme il ne l'aimait pas, mon père n'a vu aucun inconvénient à entamer une liaison avec celle qui allait devenir sa troisième épouse.

— Son mariage avec la mère de Nessa n'a pas duré longtemps ?

— Deux ans.

Emmie se rappela les paroles de Nessa. Elle avait dit que sa mère avait été la seule des belles-mères de Bastian à se soucier de lui.

— Et l'épouse numéro trois ?

— Elle a eu amant sur amant. Mon père s'est mis à boire, le jour où il a compris.

— Il devait être…

— Stupide ? Aveugle ?

— Non, j'allais dire vulnérable. Il a essayé de trouver le bonheur sans y parvenir.

— On pourrait dire au contraire qu'il ne se contentait jamais de ce qu'il avait, répliqua Bastian d'un air sombre. Comme beaucoup de gens, il pensait sans doute que l'herbe est toujours plus verte ailleurs. Quant à sa quatrième femme, elle a passé la majeure partie de son temps à essayer de me séduire, parce que les jeunes hommes l'excitaient.

Emmie le regarda avec stupeur.

— Quelle horreur !

— A cette époque-là, je vivais surtout chez mon grand-père. Je n'avais que dix-huit ans, expliqua Bastian en regardant par la fenêtre d'un air détaché. Malheureusement, ce quatrième mariage a littéralement tué mon père. Un jour, il est revenu à l'improviste à la maison et a surpris sa femme en train de me faire du gringue. Il a aussitôt fait demi-tour, est remonté dans sa voiture et s'est écrasé contre un arbre quelques kilomètres plus loin. L'heureuse veuve a hérité de ce qui restait des possessions de son défunt mari, c'est-à-dire pas grand-chose. Ses divorces successifs avaient quasiment ruiné mon père.

— Eh bien, après avoir entendu toutes ces charmantes

histoires de famille, je suis surprise que tu aies songé à te marier…

A ces mots, Bastian se retourna lentement vers elle.

— Je ne suis pas comme mon père, Emmie. Je ne me fais aucune illusion, et je ne mélange pas l'amour et le mariage…

A ces mots, Emmie sentit un immense soulagement l'envahir : il n'avait pas été amoureux de Lilah, elle le comprenait à présent. Hélas, ses paroles et son attitude ne laissaient pas beaucoup d'espoir concernant leur avenir à tous deux.

— Tu as déjà aimé une femme ?

— J'en ai désiré beaucoup, répondit-il aussitôt. Mais aimé, jamais. Je ne suis pas du genre à me laisser séduire par un leurre.

— Moi je suis tombée amoureuse une fois, quand j'étais étudiante. Jusqu'au jour où j'ai compris que Toby ne s'intéressait à moi que parce qu'il avait vu une photo de Saffy accrochée au mur de ma chambre. Elle était devenue son fantasme, et il voyait en moi une sorte d'ersatz…

— Quel imbécile ! s'exclama Bastian. Tu es encore plus belle que ta sœur !

— Ce n'est pas vrai.

— Si, Emmie, affirma-t-il avec force. Tu es plus naturelle, moins sophistiquée peut-être, mais ta beauté est plus lumineuse que celle de ta jumelle.

A ces mots, Emmie éclata de rire. Pour la première fois de sa vie, alors que quelqu'un les comparait, elle ne se sentait pas pour autant le vilain petit canard !

— C'est vrai, je ne suis pas aussi sophistiquée que Saffy, c'est le moins que l'on puisse dire ! dit-elle en souriant. Elle est toujours parfaite.

Bastian lui posa la main sur l'épaule et plongea son regard étincelant dans le sien.

— La perfection ne m'intéresse pas, *khriso mou*.

Le contact de ses doigts chauds sur son bras, lui arracha un frisson. Elle désirait Bastian, de tout son être. Hélas, elle était douloureusement consciente que cette intimité ne ferait que l'entraîner dans une relation dont l'issue la laisserait brisée.

— Bastian… Je…

Il posa un doigt sur ses lèvres pour l'empêcher de parler. Puis, il lui caressa la joue avant de prendre sa bouche avec passion. Le cœur d'Emmie se mit à battre avec une telle violence qu'elle eut l'impression qu'il allait jaillir de sa poitrine. Son désir pour Bastian était si puissant. Trop puissant. Oui, il lui faisait peur.

Tout son corps semblait s'embraser au contact de celui de Bastian. Ses seins frémissaient, tout son être lui semblait incomplet elle avait besoin de le sentir en elle…

Le souffle court, Emmie s'arracha aux lèvres de Bastian et recula d'un pas.

— Je… Je dois m'occuper de mes bagages, murmura-t-elle.

Sans un mot, Bastian lui tourna le dos et quitta la chambre.

Quatre jours plus tard, Nessa arriva à la villa pour y passer le week-end. A peine arrivée sur la terrasse, où Emmie déjeunait avec Bastian, elle demanda avec un sourire :

— Alors, à quand le mariage ?

Incapable de prononcer un mot, Emmie baissa les yeux sur son assiette.

— Quel mariage ? demanda Bastian en se levant pour offrir une chaise à sa sœur.

— Le vôtre, évidemment ! s'exclama celle-ci avec un rire moqueur.

— Nous n'avons pas l'intention de nous marier, dit alors Emmie, d'une voix qu'elle espérait détachée.

Nessa haussa un sourcil d'un air stupéfait.

— Grand-papa va être très déçu.

— Je ne crois pas, répliqua Bastian avec calme.

— Tu te trompes, insista sa sœur. Grand-papa attend avec impatience que tu lui annonces la grande nouvelle.

Elle sourit gentiment à Bastian avant d'ajouter :

— Bon, tu ne diras pas que je ne t'avais pas prévenu !

— Excusez-moi, dit Emmie en se levant.

— Où vas-tu ? demanda Bastian.

— Il fait très chaud, et je suis un peu fatiguée… Je vais m'allonger un moment.

D'un pas vif, elle regagna l'ombre bienfaisante de la maison. A vrai dire, elle désirait surtout échapper à ce dialogue embarrassant.

En s'allongeant sur son lit, elle repensa à ce qui s'était passé depuis leur arrivée sur l'île. Bastian s'était montré un compagnon exemplaire, prêt à tout pour la divertir. Ils avaient pique-niqué sur la plage, s'étaient baladés dans les oliveraies et avaient déjeuné dans un charmant petit restaurant, près du port. Mais depuis ce baiser, le premier jour, Bastian ne l'avait plus touchée. Elle ne parviendrait jamais à comprendre cet homme… Pourquoi l'avait-il embrassée s'il n'avait pas l'intention d'aller plus loin ?

Et, de son côté, pourquoi se torturer avec toutes ces questions puisqu'elle savait que toute intimité les entraînerait en territoire dangereux ?

Son téléphone portable vibra sur la table de chevet et un SMS de Saffy s'afficha :

Je suis enceinte aussi, en même temps que toi !

Sans réfléchir, Emmie appela sa jumelle.

Saffy parut surprise de l'entendre, mais la chaleur de sa voix et de ses paroles fit un bien fou à Emmie. Lorsque Saffy admit que son enfant avait été conçu avant le mariage, elle ne put s'empêcher d'être touchée par sa franchise. Peu à peu, les barrières érigées entre elles au cours de nombreuses années semblaient tomber.

Alors qu'elle lui racontait son histoire avec Bastian, Saffy l'interrompit.

— Odette t'a menti, Emmie. Ce n'est pas elle qui a payé ton opération. C'est Kat !

— Tu en es sûre ? demanda Emmie, abasourdie.

— Oui. Elle a fait un emprunt. Notre mère est une effroyable menteuse. Quant à son agence de call-girls, nous allons devoir prévenir Topsy : Odette est capable d'essayer de l'embaucher à son tour ! Nous devrions même conseiller à Topsy d'éviter d'aller la voir, elle est si confiante… D'ailleurs je parie qu'Odette se sert d'elle pour obtenir des infos sur nos vies, avant de s'en servir contre nous !

— Tu as sans doute raison, soupira Emmie. Ecoute, je suis désolée de ne pas être allée à ton mariage. Ce n'est pas une excuse, je sais, mais je n'avais pas le moral à ce moment-là, et je n'ai pas eu la force de venir.

— Je te pardonne, mais à condition que tu me promettes…, commença sa sœur d'un ton hésitant.

Après un court silence, elle acheva sa phrase :

— … que tu me promettes de rester en contact avec moi.

Le cœur battant, Emmie promit de ne plus se dérober.

— Mais dis-moi, tu en es où, avec Bastian ? demanda soudain Saffy. Tu m'appelles de Grèce, de chez lui : qu'est-ce qui se passe entre vous ?

— Nous essayons de… de devenir amis.

— Mais tu en désires davantage, c'est ça ? Je ressentais la même chose avec Zahir. J'avais peur qu'il reste avec moi à cause de ma grossesse.

Des larmes montèrent aux yeux d'Emmie. Sa jumelle la devinait si bien…

Lorsqu'elles se furent quittées en se promettant de se

rappeler le lendemain, Emmie s'assit contre les oreillers, soulagée et heureuse. Elles avaient renoué avec une telle facilité ! Et surtout, le fait qu'elles soient enceintes en même temps l'emplissait de joie.

Le soir, alors qu'elle dînait en tête à tête avec Bastian, Emmie lui raconta qu'elle avait parlé avec sa jumelle au téléphone.

— Tu devrais inviter Saffy et son mari à venir nous voir, dit aussitôt Bastian en souriant.

— C'est très gentil de ta part, mais je ne sais pas combien de temps je vais rester à Treikos.

— Au moins jusqu'à la naissance des jumeaux, répliqua-t-il sans hésitation. Je veux que tu restes ici avec moi, et quand je retournerai à Londres pour mon travail, tu m'y accompagneras.

Emmie reposa sa fourchette.

— Je pensais qu'il s'agissait d'un court séjour…

— Tu es libre de faire ce que tu veux, bien sûr, dit Bastian en soutenant son regard. Et de vivre dans le lieu de ton choix… Mais en ce qui me concerne, je souhaite que tu restes avec moi.

Rester avec lui ? Que voulait-il dire par là, exactement ? Toutefois, son assurance tranquille avait un effet apaisant sur elle. Se sentait-il coupable de l'avoir mise enceinte ? Etait-ce pour cette raison qu'il se montrait aussi déterminé à s'occuper d'elle ? Ou avait-il une motivation plus… intime…

Il était temps de savoir à quoi s'en tenir.

— Cette proposition comprend-elle le partage de ton lit ?

Un sourire éblouissant étira la bouche sensuelle de Bastian.

— Dans ce domaine, je me tiens à ton entière disposition, *khriso mou.*

Emmie baissa les yeux. Un trouble si violent avait pris possession d'elle que, incapable de réfléchir à quoi que ce soit, elle s'efforça de se concentrer sur sa délicieuse mousse au chocolat.

Lorsqu'il vit la jeune femme passer le bout de sa langue rose sur ses lèvres pulpeuses, Bastian ne put retenir un petit gémissement.

— Tu me tues…

Interdite, Emmie se sentit gagnée par une appréhension subite. Comment pouvait-il la désirer à ce stade de sa grossesse, alors qu'elle était plus grosse de jour en jour ? Pourtant, l'éclat brûlant de son regard était sans équivoque : c'était le cas.

Comme s'il avait deviné ses pensées, il se leva et lui tendit la main pour l'aider à se lever à son tour.

— Bastian… ? commença Emmie en le regardant d'un air interrogateur.

— Je te désire tant, dit-il d'une voix rauque. Je m'immerge dans le travail pour essayer de ne pas y penser, mais c'est dur…

— Tu me trouves encore attirante, même avec mon gros ventre ? murmura-t-elle.

— Je ne comprends pas comment ça fonctionne, mais ta grossesse me fait l'effet d'un redoutable aphrodisiaque.

Sans plus attendre, il l'embrassa à pleine bouche, puis l'entraîna vers l'escalier.

Dès qu'ils se retrouvèrent dans sa chambre, Bastian souleva Emmie dans ses bras avant de la déposer sur le lit avec une délicatesse infinie. Il lui fit l'amour longtemps, avec une merveilleuse lenteur. Et quand elle s'envola dans la jouissance, Emmie poussa un cri, éblouie par la beauté et l'intensité de la volupté que Bastian avait le pouvoir de faire naître en elle.

*
* *

Longtemps après, alors qu'il la tenait contre lui, son dos pressé contre son torse musclé et chaud, il dit tout à coup :

— Je suis invité à un bal de charité à Athènes, demain soir. Tu peux m'accompagner, si tu veux.

— Je n'ai absolument rien à me mettre ! s'exclama Emmie.

Après un instant d'hésitation, elle poursuivit :

— Et puis, tu crois que c'est une bonne idée de nous montrer ensemble maintenant ? Cela équivaudrait à une annonce publique, tu ne crois pas ?

— Tu as sans doute raison, répondit-il d'un ton neutre. Il est peut-être trop tôt.

Ce n'était pas ce qu'elle avait voulu dire, mais Emmie garda le silence. Si Bastian avait vraiment voulu qu'elle l'accompagne, il aurait insisté.

Le lendemain du bal, Emmie prit son petit déjeuner sur la terrasse en attendant le retour de Bastian qui avait passé la nuit à Athènes.

Lorsque la jeune bonne apporta les journaux du matin et les posa sur la table d'appoint, Emmie écarta les premiers, des journaux grecs dont elle ne comprenait pas les gros titres, avant de découvrir une photo qui lui glaça le sang.

En couverture d'un tabloïde local, Bastian et Lilah, buvaient du champagne et riaient ensemble. Vêtue d'une robe romantique en mousseline de soie rose dragée, Lilah ressemblait plus que jamais à une poupée et semblait très intime avec Bastian qui, de son côté, paraissait subjugué par sa beauté…

La jalousie lui serra le cœur. Etait-ce pour cela qu'il

n'avait pas insisté pour qu'elle l'accompagne à ce bal ? Parce qu'il savait que Lilah y assisterait elle aussi ?

Bouleversée et prise d'une crainte affreuse, Emmie s'appuya à son dossier, tournée vers la vue sublime mais sans rien voir.

Bastian était-il encore attiré par Lilah ? Et si c'était le cas, que pouvait-elle y faire ? Une douleur vive lui étreignit le cœur tandis qu'elle se reprochait ses réactions.

Maintenant qu'elle vivait quasiment avec Bastian, s'en aller aurait représenté une véritable déclaration de guerre. Cela signifiait-il qu'elle était condamnée à souffrir en silence ?

10.

Emmie inspira profondément. Au fond, elle n'avait qu'à s'en prendre à elle-même. Elle était responsable de son malheur. Tout était sa faute, comme le lui avait si souvent répété Odette.

Comment avait-elle pu se laisser piéger dans cette liaison absurde avec Bastian ? Une liaison qui ne comportait ni règles ni garde-fous. Avait-elle perdu la tête ? Elle qui s'était fait une règle de toujours évaluer les risques, ne s'engageant jamais dans quoi que ce soit à la légère. C'était comme si, dès qu'il s'agissait de Bastian, elle devenait incapable de réfléchir. Elle ne lui demanderait pas d'explication sur sa relation avec Lilah. Non, elle ne pouvait pas s'abaisser à ce point. Elle devait donc supporter seule le poids de ces photos et de ses doutes…

Lorsque l'hélicoptère de Bastian perdit de l'altitude puis atterrit à l'extrémité de la pelouse, Emmie ne bougea pas. Mais, quand Bastian sauta à terre d'un bond gracieux et se dirigea à grands pas vers la terrasse, elle ne put s'empêcher de le dévorer des yeux.

Il était somptueux, comme toujours, reconnut-elle avec un mélange de tristesse et de désespoir. A en juger par la tension qu'elle lisait sur ses traits, il savait déjà pour la photographie.

— Tu as l'air si sereine, tu es si belle, assise dans ce fauteuil avec ta tasse à la main, *khriso mou*, dit-il d'une voix rauque.

— Il faut se méfier des apparences, répliqua Emmie.

— Je suis revenu dès que l'on m'a montré cette photo… Tu l'as vue aussi, je suppose ?

Elle hocha la tête, impressionnée qu'il aille droit au but.

— Lilah a passé presque toute la soirée avec moi, c'est vrai, mais cette photo est truquée, affirma-t-il d'un ton farouche. C'est sans doute le résultat d'un petit coup monté par Lilah : dans le domaine de la communication, elle est très douée…

Après avoir reposé sa tasse, Emmie répliqua d'un ton neutre :

— En tout cas, tu sembles très heureux avec elle.

— Je te répète que cette photo est un montage. Après la façon dont elle s'est comportée, je ne la trouve même plus sympathique, dit-il avec une légère moue de dégoût. Mais comme j'éprouve beaucoup de respect pour sa famille, je ne peux pas l'ignorer complètement lorsque je la croise dans ce genre de manifestation. Si j'ai l'air si heureux, c'est parce que tu fais maintenant partie de ma vie.

— Vraiment ? Je suis tellement importante pour toi ? répliqua Emmie avec une pointe d'ironie.

Elle n'arrivait pas à le croire, ni à chasser le froid qui l'avait envahie lorsqu'elle avait vu la photo.

Bastian lui saisit le bras pour la forcer à se tourner vers lui.

— Tu ne peux pas imaginer à quel point je suis terrifié à l'idée de te perdre de nouveau.

— Toi, terrifié ? J'ai du mal à l'imaginer, en effet !

— Quand tu as disparu, pendant que je me trouvais à l'étranger, j'ai perdu la tête. Je ne pouvais plus manger, ni dormir, j'étais obsédé par une seule chose : toi. Et quand je suis rentré à Londres et que j'ai trouvé ce mot stupide, je suis devenu fou furieux. Si c'était tout ce que tu avais à me dire…

— Je me suis dit que de toute façon, mes états d'âme

ne t'intéressaient pas, reconnut Emmie. Et je n'allais pas me suicider parce que tu avais dit que nous ne partagions que du sexe.

— Je ne le pensais pas… Je regrette tellement de t'avoir dit cela, avoua-t-il. Mais franchement, ce n'est que lorsque tu as disparu que je me suis rendu compte de ce que tu représentais pour moi.

— Ah…, murmura-t-elle, suspendue à ses lèvres.

Bastian s'appuya à l'un des élégants piliers de pierre blanche soutenant le toit de la terrasse.

— Je n'aurais jamais dû envisager d'épouser Lilah alors que je ne ressentais rien pour elle, soupira-t-il. Mais je pensais sincèrement que ce genre de relation serait la base idéale pour construire une union solide.

Impatiente d'entendre la suite, Emmie se contenta de hausser les sourcils.

— Mais rien ne s'est pas passé comme je l'escomptais ! Lilah souhaitait m'épouser pour ma fortune et ma position, certes, mais elle méritait mieux qu'un fiancé qui se fichait éperdument de la voir rompre ses fiançailles et s'afficher avec un autre homme.

— Pourtant, elle savait qu'il s'agissait d'un mariage… d'intérêt réciproque, et pas d'une histoire d'amour, non ?

— Oui, c'est vrai, mais elle voyait bien que je m'ennuyais avec elle… Et que je continuais à regarder les autres femmes, avoua Bastian avec réticence. Toutefois, je lui suis resté fidèle tant que nous étions fiancés, mais je crois que j'aurais fini par la tromper.

— Alors, c'est que vous n'étiez pas faits l'un pour l'autre. Et il aurait été stupide de vous marier.

— En effet, approuva Bastian en lui adressant un regard brûlant. Avec toi, c'est différent. Je ne supporte pas que d'autres hommes te dévorent des yeux et je n'ai jamais envie de regarder d'autres femmes. Et si je ne sais pas où tu es, je perds la tête… Je veux que tu vives dans ma maison et que nous y élevions nos enfants ensemble. Et je veux aussi que tu sois toute à moi.

— Toute à toi ? demanda Emmie dans un souffle. Tu peux préciser ce que tu entends par là ?

Pour toute réponse, il enfonça la main dans sa poche de veste.

Lorsqu'elle vit la bague ornée d'un énorme diamant qu'il lui tendait, Emmie cligna les yeux.

— Que… Qu'est-ce que c'est ?

— Tu peux le deviner, non ? répliqua-t-il avec malice. Mais cela va être des fiançailles très, très brèves, parce que j'ai l'intention d'ajouter une alliance à ton doigt le plus vite possible.

Emmie sentit un frisson d'inquiétude la parcourir.

— Je ne veux pas que tu te sentes obligé de m'épouser pour faire plaisir à ta famille, Bastian.

— Ça n'a rien à voir avec ma famille.

Il lui prit la main et glissa la bague à son annulaire.

— Il s'agit de nous deux, et de ce que je ressens pour toi. Je ne peux pas supporter d'être séparé de toi, *khriso mou*.

— Tu es peut-être trop possessif, voilà tout.

— Quand tu n'es pas là, je ne peux pas dormir.

— C'est le sexe qui te manque, répliqua Emmie.

Elle refusait de croire à la transformation radicale de Bastian. Et, s'il la menait en bateau, elle ne le supporterait pas, elle le savait.

Il poussa un juron étouffé, et se pencha pour la prendre dans ses bras.

— Cesse de faire la difficile, dit-il dans un murmure. Je ne sais pas comment c'est arrivé, mais je suis tombé fou amoureux de toi. A tel point que je ne peux plus imaginer de vivre sans toi. Et cela n'a rien à voir non plus avec ta grossesse : ça, c'est juste un merveilleux bonus !

— Un bonus ? murmura Emmie en sentant les larmes se presser sous ses paupières.

Bastian plongea son regard dans le sien.

— Je t'aime, murmura-t-il. Et cet amour a transformé ma vie.

Des bulles joyeuses éclatèrent dans le cœur d'Emmie.

— Tu es sérieux ? murmura-t-elle.

— Oui. Et je suis désolé d'avoir été aussi lent à le comprendre.

— Je te pardonne parce que, moi aussi, je t'aime, chuchota-t-elle. Mais je ne me le suis avoué que lorsqu'il a été presque trop tard, parce que j'avais peur de souffrir.

— Je ne te ferai jamais de mal, promit Bastian d'une voix rauque. Au contraire, je veux passer ma vie à vous rendre heureux, toi et les enfants.

Emmie lui passa les bras autour du cou et lui sourit avec tout son amour.

— Tu vas être un père fantastique, j'en suis sûre !

— Même avec mes mauvaises manières ?

— Qui a parlé de mauvaises manières ? répliqua-t-elle avec un sourire malicieux.

— Tu trouves que je me suis amélioré ? Pourtant je crois qu'il faut m'encourager encore un peu, *khriso mou*, murmura-t-il en serrant Emmie contre lui pour lui faire sentir sa puissante érection.

— Tu parles ! Comme si tu en avais besoin ! s'exclama-t-elle avant de lui offrir ses lèvres.

Epilogue

Quatre ans plus tard, le jour de leur anniversaire de mariage, Emmie descendit vers la plage en tenant sa fille dans ses bras. Appollonia, un adorable bébé de six mois, avait ses cheveux à elle et les yeux de Bastian.

Emmie regarda son mari jouer au ballon avec leurs deux petits garçons, Dmitri et Stavros, et avec Zahir, le mari de Saffy, ainsi que leur jeune fils, Karim.

C'était merveilleux de voir tout ce petit monde s'agiter sur la plage d'habitude déserte. Un peu plus loin, Theron était installé devant l'une des tables en tek, en compagnie de Nessa, Leonides et leur fille Olympia. Avant la tombée de la nuit, on mettrait en route le barbecue, dès que Kat, Mikhail, Topsy et les jumeaux seraient arrivés, à bord du fabuleux yacht de Mikhail.

— Donne-moi un peu ce beau bébé, dit Saffy en s'avançant vers elle.

Quand elle tendit les bras à sa nièce, celle-ci lui sourit en gazouillant.

— Quand je pense que je vais avoir un deuxième garçon alors que j'étais persuadée d'attendre une fille, poursuivit Saffy.

— Il faudra faire une troisième tentative ! répliqua Emmie en riant.

— J'ai dit à Zahir que c'était la dernière fois !

— Tu avais dit la même chose après la naissance de Karim.

— C'est vrai ? soupira sa sœur. Zahir adore les enfants, presque autant que Bastian.

Un petit diable aux cheveux noirs gigotant sous chaque bras, Bastian se dirigea vers la glacière avant de les reposer sur le sable. Puis il sortit des boissons fraîches et après être passé par la table de Theron, il vint rejoindre Emmie et Saffy. Lorsqu'il prit sa fille des bras de sa belle-sœur et la tint à bout de bras au-dessus de sa tête, Appollonia se mit à pousser des petits cris de joie en agitant ses jambes potelées dans le vide.

Parfois, Emmie n'arrivait pas à croire que le temps ait passé aussi vite depuis leur mariage, célébré en toute intimité sur l'île. Six semaines plus tard, les jumeaux étaient venus au monde prématurément.

A cet instant, elle vit la gouvernante d'Appollonia s'avancer vers eux en souriant. Aussitôt, Bastian déposa un tendre baiser sur le front de sa fille, puis la confia à la jeune femme : il était l'heure d'aller au lit.

Lorsque la gouvernante se fut éloignée, Bastian se rapprocha d'Emmie et lui passa un bras autour des épaules.

— Joyeux anniversaire, *pethi mou*, dit-il d'une voix rauque en l'embrassant sur la tempe.

Elle porta la main au collier de perles qu'il lui avait offert le matin même. Son mari la gâtait trop, mais elle avait cessé de le lui reprocher et acceptait ses présents avec bonheur.

— Joyeux anniversaire, mon amour, chuchota-t-elle en plongeant son regard dans le sien. Mon cher époux est-il satisfait de sa compagne ?

Bastian la prit dans ses bras et la serra contre lui.

— Oui, et bien plus que je n'aurais jamais osé l'espérer..., murmura-t-il.

— Pourtant, avant de me rencontrer, tu ne rêvais pas de te retrouver avec deux petits bambins accrochés à tes jambes, le taquina Emmie. Et, bientôt, Appollonia va imiter ses frères !

Du coin de l'œil, elle vit Zahir enlacer tendrement Saffy. L'amour accomplissait des prodiges, songea-t-elle, heureuse pour sa jumelle.

— Je suis prêt à t'en faire une douzaine de plus, répliqua Bastian d'une voix rauque. D'ailleurs, dis-moi, tu ne crois pas que nous devrions aller voir si tout va bien, côté préparatifs, dans la maison ?

Un sourire sensuel éclairait son beau visage illuminé dans les lueurs du soleil couchant.

— Si tu veux…, murmura Emmie.

— Oh ! oui, je veux…, gémit-il en l'entraînant vers la villa.

Découvrez la nouvelle saga *Azur*

de 8 titres inédits

La Fierté des Corretti

PASSIONS SICILIENNES

Et si seul l'amour avait le pouvoir de sauver les Corretti ?

1er avril

1er mai

1er juin

1er juillet

1er août

1er septembre

1er octobre

1er novembre

Rendez-vous dans vos points de vente habituels
ou en e-book sur www.harlequin.fr

éditions HARLEQUIN

collection *Azur*

Ne manquez pas, dès le 1er septembre

***L'INSOUMISE DU DÉSERT**, Sarah Morgan* • *N°3505*

Mariage Arrangé

Layla sait qu'elle doit agir vite. Si elle ne veut pas épouser le tyran sanguinaire que son père, le cheikh de Tazkahn, a choisi comme successeur, elle doit fuir et remettre son destin, et celui de son peuple, entre les mains de Raz Al Zahki, le Prince du désert. Lui seul aura le courage nécessaire - et la légitimité, s'il accepte de l'épouser - pour conquérir le trône. Mais à peine introduite sous la tente de Raz, face à cet homme à la beauté sombre, dangereuse, Layla sent la panique l'envahir. Raz a toutes les raisons de la haïr : ne commet-elle pas une folie en s'offrant à lui ? Une fois qu'ils seront mariés, il n'y aura plus de retour en arrière possible, elle le sait...

***CONQUISE PAR UN SÉDUCTEUR,** Lucy Ellis* • *N°3506*

Play-boy & Milliardaire

Alors qu'elle passe quelques jours de vacances à Rome, Ava est brutalement projetée dans le passé quand elle se retrouve face à Gianluca Benedetti. Gianluca, le play-boy le plus en vue de l'aristocratie romaine, mais aussi l'homme avec lequel elle a partagé une brûlante nuit d'amour, sept ans plus tôt. Une nuit après laquelle il n'a jamais cherché à la revoir, sans doute trop occupé à séduire une nouvelle femme… Visiblement, il n'a pas changé : ne l'ayant de toute évidence pas reconnue, il l'invite bientôt à passer la soirée avec lui. Partagée entre colère et excitation, Ava sait qu'elle devrait refuser. Pourtant… comment résister à la tentation de passer une nuit avec l'homme qui semble avoir gardé le pouvoir de faire battre son cœur plus vite ?

***UN SI TROUBLANT SECRET**, Caitlin Crews* • *N°3507*

Une dernière nuit ? Jessa est abasourdie. Comment Tarik ose-t-il lui faire cette odieuse proposition ? Lorsqu'il l'a quittée sans un mot, sans une explication, cinq ans plus tôt, elle a tout perdu : l'homme qu'elle aimait, mais aussi son emploi et ses rêves d'avenir. Et aujourd'hui, alors qu'il s'apprête à prendre une épouse pour assurer sa descendance, il ose exiger une dernière nuit d'amour ? Jessa n'a qu'une envie : lui claquer la porte au nez, même si elle le connaît trop bien pour imaginer qu'il renoncera aussi facilement. Or, aujourd'hui, elle n'est plus seule en jeu, et elle doit trouver le moyen de l'éloigner : Tarik doit absolument continuer à ignorer l'existence de Jeremy, leur fils de quatre ans...

UNE FASCINANTE ATTIRANCE, Heidi Rice • *N°3508*

Iona est effondrée. Parce qu'elle a été assez stupide pour se laisser charmer par un don Juan qui s'est révélé être un escroc, son père a tout perdu. Déterminée à réparer le mal qu'elle a fait, elle décide de quitter son Ecosse natale et de suivre la trace de cet homme jusqu'en Californie. Mais quand Zane Montoya le détective chargé de l'enquête, lui apprend qu'elle n'est pas la seule victime, l'humiliation s'ajoute à la colère. Jamais plus elle ne fera confiance à un homme. Et certainement pas à cet enquêteur dont le charisme envoûtant et les yeux d'un bleu profond la troublent au plus haut point. Sauf que sous son regard, justement, elle se sent belle, désirable. Et n'est-ce pas ce dont elle a désespérément besoin après cette aventure désastreuse ?

UNE BOULEVERSANTE NUIT D'AMOUR, Christina Hollis • *N°3509*

Quand elle apprend qu'Alessandro Castiglione, l'homme d'affaires toscan réputé tant pour son caractère impitoyable que pour ses nombreuses conquêtes, va séjourner dans la villa du sud de la France où elle occupe le poste de gouvernante pour l'été, Michelle sait qu'elle peut dire adieu au calme qu'elle était venue y chercher. Alessandro va sûrement se montrer irascible et terriblement exigeant. Mais, tandis que les jours passent, elle découvre un homme attentif, drôle, charmeur. Et bientôt, elle s'abandonne à l'amour entre ses bras, pour une nuit magique qu'elle sait sans lendemain. Une nuit qui va pourtant avoir des conséquences inattendues...

AU NOM DU DEVOIR, Lucy Monroe • *N°3510*

Séduire Chanel Tanner, l'épouser et la déposséder de son héritage. Lorsque son oncle, le roi de Volyarus, lui expose le plan peu reluisant qu'il a conçu pour lui, Demyan ne peut réprimer un mouvement de recul. Pourtant, en tant que membre de la famille royale, il se doit de tout mettre en œuvre pour la survie du royaume. Une survie qui se retrouverait menacée si la jeune femme décidait de récupérer les investissements faits par son arrière-grand-père au sein de la banque royale. Mais lorsque son regard tombe pour la première fois sur Chanel, Demyan comprend qu'il joue un jeu bien plus dangereux encore. Cette opulente chevelure rousse, ces courbes délicieuses, cette innocence si rafraîchissante : cette femme semble avoir été créée pour lui faire perdre la tête...

L'HÉRITIER DES DONATELLI, Dani Collins • *N°3511*

Si Lauren a décidé de sortir de sa solitude pour assister au bal de Noël donné dans le plus bel hôtel de New-York, c'est parce que c'est sa seule chance d'avouer son secret à Paolo Donatelli, un secret qu'elle garde depuis de longues semaines maintenant. Trois mois plus tôt en effet, Lauren s'est abandonnée au désir fou que Paolo lui a toujours inspiré : parce qu'elle voulait échapper pour quelques heures à son quotidien, parce qu'elle voulait goûter, pour une fois, au bonheur et à la volupté. Hélas, ces quelques heures ont bouleversé sa vie... Enceinte, Lauren sait qu'elle ne pourra dissimuler sa grossesse très longtemps. Avant que la presse, qui guette le moindre de ses gestes, ne s'en charge, elle doit avertir Paolo, en dépit de tout le mépris qu'il a désormais pour elle...

UNE INOUBLIABLE PROPOSITION, *Carol Marinelli* • *N°3512*

Dire que ce mariage aurait dû être le plus beau jour de sa vie… Désespérée, en larmes, Connie se retrouve à errer dans les couloirs de l'hôtel qui devrait en ce moment même abriter sa nuit de noces. Comment ses parents ont-ils pu conclure pour elle ce mariage avec un homme qu'ils savaient incapable de l'aimer ? Car celui-ci s'est montré très clair : il ne compte pas entretenir la moindre relation avec elle. Aussi, quand un client de l'hôtel, un homme mystérieux et séduisant au regard brûlant de passion, propose de lui offrir - pour une nuit et une seule - tout ce qu'elle n'aura jamais au sein de ce mariage de convenance, décide-t-elle d'accepter...

PASSION EN TOSCANE, *Lynne Graham* • *N°3513*

- Amoureuses et insoumises - 4ème partie

Quand elle a quitté l'Angleterre pour entrer au service de la comtesse Leonetti, le plan de Topsy était simple : profiter de ce séjour en Toscane pour découvrir si le nouvel époux de la comtesse était bien ce père qu'elle n'a jamais connu et dont l'absence la hante depuis l'enfance. Hélas, c'était compter sans Dante Leonetti, le fils de la comtesse. Arrogant, ombrageux, autoritaire, il n'a certes rien de l'homme idéal. Alors, pourquoi éveille-t-il en elle ce désir fou ? Un désir auquel elle ne doit en aucun cas céder si elle veut mener à bien la mission qu'elle s'est fixé. Mais, en homme à qui rien ne résiste, Dante semble décidé à faire d'elle sa maîtresse. Et, chaque jour qui passe, la tentation est plus grande de céder à celui qui la fait vibrer de passion...

LE DÉFI DE LIA CORRETTI, *Lynn Raye Harris* • *N°3514*

- La fierté des Corretti - 6ème partie

« Félicitations Lia, tu as gagné, nous allons nous marier » Quand Zach Scott prononce ces mots d'un ton odieux, Lia sent son sang se glacer. En fuyant la Sicile pour retrouver cet homme avec lequel elle a passé les deux jours les plus éblouissants de sa vie, elle n'avait qu'une idée en tête : trouver un refuge face à sa puissante famille, pour elle mais aussi pour l'enfant qu'elle porte. Hélas, Lia se demande à présent si elle n'a pas commis une terrible erreur. Car l'homme qui se dresse devant elle, l'homme auquel elle s'apprête à lier son destin, se révèle un inconnu dur et froid, bien différent de celui qui l'a séduite quelques semaines plus tôt...

Attention, numérotation des livres différente pour le Canada : numéros 1942 à 1951.

A paraître le 1er juillet

Best-Sellers n°609 • suspense

Le secret du tombeau - Amanda Stevens

Lorsque le cadavre d'une jeune femme est découvert dans le vieux cimetière de Charleston dont on lui a confié la restauration, Amelia Gray comprend que sa vie solitaire et tranquille est en train de voler en éclats. Car le meurtrier, comme s'il prenait un plaisir sadique à la provoquer, a dissimulé des indices pouvant mener jusqu'à lui au milieu des pierres tombales. Des indices qu'elle est la seule à pouvoir déchiffrer…

Aussi, quand l'inspecteur John Devlin lui demande son aide pour résoudre cette affaire, Amelia pressent qu'elle n'a pas le choix : elle va devoir mener l'enquête avec lui. Pourtant, elle qui cache depuis l'enfance un don terrible et étrange sait aussi qu'il lui faudrait à tout prix garder ses distances avec cet homme sombre et ténébreux, hanté par des ombres du passé. Sauf que l'attirance qu'elle ressent pour Devlin ne fait que s'intensifier à mesure que les indices la rapprochent du tueur… mais aussi du voile ténu qui sépare les vivants du monde des morts.

Best-Sellers n°610 • thriller

Capturée - Elizabeth Heiter

Appelée en renfort sur une scène de crime dans le bois de Bakersville, Evelyn Baine, profileuse au FBI, ne s'attendait pas à découvrir une mise en scène aussi macabre : les cadavres de deux jeunes femmes ont été enterrés à la verticale, les têtes émergeant du sol et exposées comme des trophées… Bouleversée, Evelyn pressent aussitôt qu'un tueur en série rôde dans la nature. Pourquoi a-t-il choisi ces femmes ? Et que signifie le cercle scarifié sur leur poitrine ?

Autant de questions qui l'amènent peu à peu à dessiner les contours d'un meurtrier à la personnalité violente et sadique. Un meurtrier qui, elle le devine, est proche, tout proche… et prêt à tuer de nouveau. Résolue à tout mettre en œuvre pour le faire arrêter, Evelyn prend alors une terrible décision : elle servira d'appât pour le forcer à se dévoiler…

Best-Sellers n°611 • roman

Là où la vie nous emporte - Susan Wiggs

Depuis des années, Daisy Bellamy est déchirée entre deux hommes – Logan, très séduisant mais tourmenté par une histoire familiale complexe, et Julian, dont le charme éclatant dissimule une profonde révolte intérieure. Même si, à l'âge de dix-neuf ans, un choix s'est imposé à elle et a conduit Julian à disparaître peu à peu de sa vie.

Quatre ans plus tard, accaparée par une carrière de photographe en plein essor dans la ville d'Avalon, Daisy mène une vie très agréable avec Charlie, son petit garçon adoré qu'elle a eu avec Logan, un père aimant et attentif. Pourtant, au plus profond d'elle-même, elle sent parfois que quelque chose manque à son bonheur.

C'est alors que Julian revient et, avec lui, la mémoire de l'été merveilleux de leur rencontre au bord du lac des Saules. Bouleversée, Daisy se retrouve confrontée au choix qu'elle croyait avoir laissé à tout jamais derrière elle…

Best-Sellers n°612 • roman

Le parfum de l'automne - Brenda Novak

Alors qu'elle vient d'envoyer promener Simon O'Neal, l'acteur le plus viril et le plus sexy d'Hollywood, parce qu'elle ne supportait plus ses frasques, Gail DeMarco se demande si elle n'a pas commis une erreur. Une erreur ? Il s'agit en fait d'une vraie catastrophe, oui ! Du jour au lendemain, tous ses clients quittent son agence pour se tourner vers la nouvelle attachée de presse engagée par Simon. Désespérée, et se sentant responsable de l'avenir de ses employés, Gail n'a pas le choix : il lui faut présenter des excuses à Simon. Sauf que celui-ci, qui cherche à redorer son image pour obtenir la garde de son fils de cinq ans, lui propose alors un marché : l'épouser pour qu'on le croie rentré dans le rang. Forcée d'accepter cet arrangement insensé, Gail se demande comment elle va bien pouvoir vivre avec cet homme chez qui elle déteste tout, absolument tout. Ou presque…

Best-Sellers n°613 • suspense

Le frisson de la peur - Lori Foster

Quand Arizona Storm se présente chez lui pour lui demander son aide, Spencer ne pense pas une seconde à refuser : comment le pourrait-il, alors que la jeune femme éveille en lui, depuis qu'il la connaît, un puissant sentiment protecteur ? Cependant, même s'il est persuadé de pouvoir l'aider dans l'enquête qu'elle mène sur un réseau de proxénétisme, Spencer sait aussi qu'Arizona s'attaque à de dangereux criminels, prêts à tout pour parvenir à leurs fins, et qu'elle n'hésitera pas une seule seconde à se mettre en danger pour les arrêter. Dès lors, il devra tout faire pour la protéger. Mais il sait aussi qu'en travaillant avec elle, il va devoir faire face aux réactions et aux sentiments étrangement intenses, brûlants, que fait naître en lui Arizona, dont l'émotion à fleur de peau, la fragilité et la féminité incandescente le touchent profondément…

Best-Sellers n°614 • historique

Fiançailles à Brentmore Hall - Diane Gaston

Angleterre, 1816

Anna ne sait si elle doit être heureuse ou terrifiée à l'idée d'avoir trouvé une place de gouvernante dans la somptueuse demeure de Brentmore Hall. Car si ses élèves Cal et Dory semblent adorables, leur père, Lord Brentmore, fait quant à lui l'objet d'étranges rumeurs. Ne dit-on pas qu'il a un passé plus que douteux ? Mais dès qu'elle rencontre le mystérieux marquis, un trouble profond l'envahit face à cet homme si séduisant et si sombre à la fois, visiblement marqué par la mort de sa femme. Mais ce drame peut-il expliquer qu'il se montre aussi distant avec ses propres enfants ? Puisqu'elle est désormais la gouvernante de ces derniers, Anna se doit de lui rappeler son rôle de père. Tout en se demandant si c'est uniquement par devoir qu'elle agit ainsi… D'où lui vient en effet cette curiosité brûlante qui la pousse à percer les secrets du marquis, alors même qu'il s'apprête à annoncer ses fiançailles avec celle qui est destinée à devenir une nouvelle mère pour les enfants ?

Composé et édité par HARLEQUIN

Achevé d'imprimer en juillet 2014

BRODARD & TAUPIN

La Flèche
Dépôt légal : août 2014

Pour l'éditeur, le principe est d'utiliser des papiers composés de fibres naturelles, renouvelables, recyclables, et fabriquées à partir de bois issus de forêts qui adoptent un système d'aménagement durable. En outre, l'éditeur attend de ses fournisseurs de papier qu'ils s'inscrivent dans une démarche de certification environnementale reconnue.

Imprimé en France